U0547624

（日）山口博·著

张忠锋·译

丝绸之路与《万叶集》的诞生

陕西新华出版
陕西人民出版社

图书在版编目(CIP)数据

丝绸之路与《万叶集》的诞生 /(日)山口博著;
张忠锋译. -- 西安:陕西人民出版社,2024.8
ISBN 978-7-224-14817-6

Ⅰ.①西… Ⅱ.①山… ②张… Ⅲ.①和歌—诗歌研究—日本 Ⅳ.①I313.072

中国国家版本馆 CIP 数据核字(2023)第 010274 号

| 出 品 人：赵小峰 |
| 总 策 划：关　宁 |
| 出版统筹：韩　琳 |
| 策划编辑：王　凌　晏　藜 |
| 责任编辑：王　倩 |
| 封面设计：侣哲峰 |

丝绸之路与《万叶集》的诞生
SICHOU ZHILU YU WANYEJI DE DANSHENG

作　者	(日)山口博
译　者	张忠锋
出版发行	陕西人民出版社
	(西安市北大街 147 号　邮编:710003)
印　刷	陕西隆昌印刷有限公司
开　本	787mm×1092mm　1/32
印　张	10.125
字　数	240 千字
版　次	2024 年 8 月第 1 版
印　次	2024 年 8 月第 1 次印刷
书　号	ISBN 978-7-224-14817-6
定　价	58.00 元

如有印装质量问题，请与本社联系调换。电话：029—87205094

目录

译者序　/ 001
序言　大伴家持的望乡歌　/ 005

I 来自远方的丝绸之路

01　山上忆良眼中的马背歌舞　/ 003
02　衔枝鸣唱的黄莺鸟　/ 010
03　从吉野川漂来的柘枝　/ 031
04　四眼骰子　/ 040
05　岩滩上的小楠树　/ 053
06　桃花映红花下女　/ 066
07　寺院深井上绽放的坚香子之花 / 083
08　丝绸之路上的交流　/ 097

II 长安城巷的声音

01　失意的留学僧弁正　/ 103
02　山上忆良与长安的疯僧　/ 119
03　艳情小说的季节　/ 144
04　日中边塞人的怨叹　/ 157
05　三者之不同的文化冲击　/ 178

III 大伴家持在边塞之国——越中

- 01 国际化氛围中的大伴家持 / 183
- 02 远方的朝廷之国"越中" / 188
- 03 帷幄中的大伴家持 / 193
- 04 大伴家持的边塞志向 / 206
- 05 大伴家持的边塞诗 / 216
- 06 一个波斯的银皿 / 241

IV 《万叶集》的诞生

- 01 《万叶集》构成上的不可思议之处 / 249
- 02 《万叶集》的诞生 / 260
- 03 歌集名称中的"万叶" / 290

尾声　《万叶集》为何而作　/ 297

译者序

山口博先生所著《〈万叶集〉的诞生与大陆文化——从丝绸之路到大和》(中译本名为《丝绸之路与〈万叶集〉的诞生》)一书,堪称是一部全面而系统地研究《万叶集》与大陆文化渊源的经典。作品自1996年问世以来,深受学界好评,成为《万叶集》研究领域标志性成果之一。全书由四部分构成,分别是:来自远方的丝绸之路,长安城巷的声音,大伴家持在边塞之国——越中,《万叶集》的诞生。各个部分先由若干个大主题缔结架构,其下又由若干个小题目辅助构成,环环相扣,层层叠加,分别从作品论和作家论的角度就《万叶集》诞生的来龙去脉以及收录其中的诸多和歌的创作历程进行了详尽考察及深度分析。整部作品既有严谨的考证与推论,又凸显了作者随性与从容的写作风格,极具研究价值的同时,读来令人耳目一新。

《万叶集》中人们咏颂的情怀,并非全部都萌发于日本本土,壮美的丝绸之路为之带来了极富大陆色彩的文化滋养。遣唐使山上忆良又将风靡国际大都会唐长安城的"诗的世界"带回日本,并在《万叶集》中开花。万叶时代的东亚情势,风云多变,身处其中的大和朝廷,意识到了对外关系的重要性。最早版本的《万叶集》,就是在这样的大背景下诞生的。

本书能让人深刻感受到作者山口博先生心中溢满的丝路情怀、大唐情结以及对《万叶集》的热爱。翻开此书,无论是大伴家持笔下的望乡歌,还是山上忆良眼中的马背歌舞,无论是精妙绝伦的"树下美女",还是令人神往的"柘枝传说",似乎具有魔力般,可以一下子将你带回到1000多年前那个中日文化交流极其繁盛的古老年代。亲历其中,领略和体会唐长安城特有的文娱氛围,仿佛能与那些不远万里远渡重洋赶赴大唐的日本遣唐使们一起,漫步在人声鼎沸的长安街头,欣赏着荟萃于此的中亚、西亚歌舞,也终于体会到他们致力于将自己的所见所闻、所悟所感带回日本并融入和歌创作中的心情,让人充满无限遐想。

忆及笔者第一次接触此书,已然是20年前留学日本期间的往事了,当时便有尝试翻译此书的冲动,遗憾却总是因了各种原因终未能付诸现实。岁月如梭,一晃来到2018年,一次很偶然的机会,在与大学同学、现就职于西北大学的邓秀梅副教授交谈过程中无意间谈及此事,才知晓此书的作者山口博先生竟然正是她留学日本新潟大学期间的恩师。兴奋之余，索性便将缘起20年前想要翻译此书的心愿和盘托出，不想竟与她本人的想法不谋而合。于是，两个人一拍即合，开始筹划作品汉译一事。

山口博先生是一位对研究一丝不苟、对人和蔼可亲的耄耋老人，当时因病在家静养，却在得知我们的想法后欣然答应了我们的请求，并且给予了肯定与鼓励。意外之喜，诚惶诚恐，荣幸之至。

时间如白驹过隙，经过近两年的努力，笔者终于完成了《〈万叶集〉的诞生与大陆文化——从丝绸之路到大和》一书的汉译工作，其间不乏因生性慵懒加之日常教学工作偶有忙碌致使译稿进度一拖再拖的情况。直至今日方才完稿，内心充满了对山口博先生的愧意与歉疚，在此请允许本人致以深深的歉意。

翻译过程中，受到来自老同学邓秀梅女士，西安外国语大学毕业生孙吉东先生、在校研究生以及家人等许多人的支持和帮助，在此由衷地表达诚挚谢意。最后，还要感谢西安外国语大学的支持以及对于此书出版给予的资助。学海无涯，才疏学浅，纰漏缺点在所难免，敬请读者批评指正。

张忠锋

序言

大伴家持[①]的望乡歌

渭水之畔

11月初，中国西安，渭水河畔，欢声四起，秋意盎然。

1995年11月3日至5日，首次于中国举办的日本万叶文化展在古城西安陕西历史博物馆与世人见面。主办方日本现代万叶会一行于展会期间忙里偷闲，前往昔日秦朝的国都咸阳古城访问参观。

驾车行至渭水河边，举目望去一排排柳树沿着河道延展开去，没有终点，南来北往、接次驶过的卡车、拖拉机，虽不能将我们带到尘封久远的过去，但滚滚车轮扬起的尘土，却让我们领略到了一丝唐代诗人王维的名篇《送元二使安西》中描绘

[①] 大伴家持：日本奈良时代著名的歌人，被认为是《万叶集》的编纂者。

的情境，这里便是诗中提及的"渭城"。

> 渭城朝雨浥轻尘，
>
> 客舍青青柳色新。
>
> 劝君更尽一杯酒，
>
> 西出阳关无故人。

长安城郊的渭城与灞桥曾皆是出行的旅人与亲朋的告别之地，渭城向西，灞桥向东。汉人所著《三辅黄图》[①]卷六中收录的"桥篇"中就有记载，汉时送行，多于这灞河桥边折柳相送以示不舍之情，更是留下了"灞陵折柳"的典故。据说，灞河边还发掘出疑似始建于唐代的石砌桥墩。

渭城亦有同样的折柳之俗。据说唐人雍陶就曾将渭水边的渭桥改名为"折柳桥"，这桥的别名"情尽桥"又为其添了几分依依不舍之意。送行至渭桥的人折下河边柳枝，编成柳叶环送给远行的亲朋。

王维的诗中有意使用"柳色"二字，必然也包含着"折柳"之意，借此抒发心中的离愁别绪。

---

①《三辅黄图》：记述秦汉时期京城长安历史地理的典籍。

手折杨柳唱相思

古人折柳枝编柳叶环送别，大体是因了汉文字中"环"与"还"发音相同，后者暗含着"平安归来"的寓意吧。柳枝柔韧，难以折断，略施小力将梢头与枝根首尾环绕，饱含着对旅人早日回归故里的期待。

《诗经·小雅·采薇》中是这样描写杨柳枝条柔韧繁茂的样子的：

> 昔我往矣，杨柳依依。

只这"依依"二字，满满惜别之意跃然纸上，直击人心，这杨柳，自然便也成为离别的最佳信物了。

唐代伊始，折柳相送离别旅人的风俗，间接孕育出很多关乎"折杨柳"的诗题。"折杨柳""折杨""折柳"这些词语渐渐出现在"离别之曲"的唱词中，也成为即将远行之人的心声。

> 杨柳乱成丝，攀折上春时。
> 叶密鸟飞碍，风轻花落迟。
> 城高短箫发，林空画角悲。
> 曲中无别意，并为久相思。

这首诗是南朝梁简文帝萧纲所作《折杨柳》：姗姗来迟的回暖春日，萧瑟无垠的大漠边疆，质朴的短箫和着色彩斑斓的角笛，吹奏出一曲曲满溢离别惆怅的曲调，低声吟唱着远离故土的心绪。手折杨柳，心头挂念远方的妻子。然而家乡的妻子又何尝不是这样？她也在日日远望、翘首以盼，思念着远在边塞的丈夫，却不知何时何日才能团聚，永不分离。

提及"折杨柳"，我不由自主地想起了大伴家持的《咏柳歌》，便兴趣盎然，滔滔不绝地讲了起来。

春の日に張れる柳を取り持ちて／見れば都の大路し思はゆ（卷19・4142）

（春光付柳手攀枝，遥想京城柳成荫。）

"想必大家都很熟悉这首和歌吧。这是大伴家持于天平胜宝三年（751）三月在越中①创作的。三月的越中，春日姗姗来迟，柳絮开始抽芽。歌人有感而发，创作了这首题为《攀柳黛思京师》的作品。'手折杨柳'，实为表达思乡之意。题中的'攀'字，常出现在'折杨柳'之诗句当中，如'攀折上春时'。'京师'一词亦来源于古汉语。可以说，作者是下意识地在题中使用了'京师'一词来指代'都城'，和歌受汉诗的影响程度可见一斑。可以推断，家持了解'折杨柳'背后的深意，

---

① 越中：指现在的富山县一带。

否则，又怎么会用'折杨柳'的词句来表达心中的思乡之情？被贬越中四年，家持的思绪早已远渡重洋，游历于渭水之畔时，借一缕杨柳睹物思人，纾解愁绪，借物思乡的心境让人不忍思量。"

恰在此时，一群头戴新鲜柳叶环的孩子们不期然闯入我们的视野，将众人的思绪从古诗的意境中带回现实。众人激动的心情无以言表，纷纷拿出相机，按下快门，记录下这恰如其分又极为应景的一幕。借此情境，我再为大家介绍几首《万叶集》中描写柳蔓的和歌。

梅の花咲きたる園の青柳を　蘰にしつつ遊び暮さな
（卷5·825）
（梅园花开柳色青，头系柳蔓戏宴中。）

这首和歌是太宰府[①]的官吏土氏百村在参加梅花宴时创作的佳品。

霜枯の冬の柳は見る人の　蘰にすべく萌えにけるかも（卷10·1846）
（霜枯冬柳芽尽抽，可系柳蔓饰于头。）

收录于《万叶集》"春之杂歌"部的这一首和歌，作者不详。

---

① 太宰府：是日本古代治理九州地方的部门。

同在卷10的"春之相闻"部里,还收录了一首恋歌:

大夫が伏し居嘆きて造りたる　垂り柳の蘰せ吾妹。

（卷10·1924）

（伏卧嗟叹垂柳蔓,欲催吾妹速系之。）

大伴家持在越中为远行的下属送行,也创作过类似恋歌的和歌,其中也有提及"柳蔓":

君が行もし久にあらば梅柳　誰とともにか吾が蘰かむ（卷19·4238）

（若君出行日长久,谁与吾编梅柳蔓。）

下面这一首和歌,乃家持专为即将出游的国分寺和尚所作,创作于后者的送行宴会上:

しなざかる越の君らとかくしこそ　楊蘰き楽しく遊ばめ（卷18·4071）

（今与越中君相聚,头系杨蔓共欢之。）

那么,为何家持在其个人创作的和歌中统一将"杨柳"换成了"柳蔓"？通过下面介绍的这一首和歌,或许可以了解到其中的一些原委。

参加橘诸兄宅举办的宴会时,家持即兴创作了这样一首和歌：

青柳の上枝攀ぢ取り蘰くは　君が屋戸にし千歳寿く
とそ（卷19・4289）

（折柳枝头欲做蔓，只为君邸千年春。）

一如"无心插柳柳成荫"词句的字面意思所述，柳树的生命力极其旺盛，只需将柳枝插入泥土中便可以成活。人们之所以青睐于将柳叶编织成环，戴在头上，正是因为相信戴上柳叶环后，柳树顽强不息的生命力也可以源源不断地传遍人体的每一个角落。

人常说，一年之计在于春，春天是四季中最富生命力的季节。旧历三月的清明节，百姓有插柳枝的习俗。这一习俗源自唐代。据传当年，唐高宗于三月三日在渭水北岸游春，赐群臣柳圈，"谓戴之可免虿毒"。因为人们普遍相信冬枯春发的杨柳，其旺盛蓬勃的生命力具有避恶驱邪的神力。成书于北魏末年的农业书籍《齐民要术》里，也有相关的记载。

正月元旦，取柳枝悬户，以驱百邪。

也就是说，远在高宗时代之前，民间就已经流传着杨柳可以辟邪的传说。

在诗作《杨柳枝词》里，韩琮就曾这样描写由于出游的人过多，导致灞桥边上的柳枝尚未长长就多被来往的人们摘折的情景：

　　霸陵原上多离别，
　　少有长条拂地垂。

想来渭桥该也是同一番情景。

　　当地的导游也介绍了一些自己儿时记忆中的柳叶环。

　　"小的时候爱玩爱闹，自己也不知道为什么总是喜欢把柳叶环戴在头上。后来长大了，读书以后，才了解到这背后的意义。"

　　要知道，当年的家持已年近七十，吟诵着「春の日に張れる柳を」（春光付柳）的老人家，是否也期冀着手中的柳枝化作柳叶环，让盈盛的生命力流向自己，滋补身心？

　　车辆行至渭水河畔，此一带平日里少有游客驻足停留，但对于我们这些远隔千里、从日本特意赶来的万叶会的人来说，这一番游历实在是太有意义了，大大超乎了我们的想象。有幸来到古都西安，置身于渭水河边，一行人皆真真切切地感受到那一丝暗藏于《万叶集》和歌中的玄妙。这种感觉难以言表，仅靠伏案苦读、斟酌字句是无论如何也难以体会到的。

直往西，去粟特国

西安与奈良，两座古都间的直线距离大约是 2500 公里，相当于日本列岛的南端到北端的距离。又考虑到其时并无可能乘坐飞机，当年的遣唐使人人跋山涉水，所走的路该是直线距离的两倍之多。尽管如此，诞生于渭水河畔的折柳习俗以及与之相关的杨柳、柳叶环的寓意，却依然对万叶时代的和歌创作产生了巨大的影响。

"相较于远方的波斯，西安和奈良之间的距离还算是近的了。吟诵创作于万叶时代的和歌，总能够让人清楚地感受到许多源自 3 世纪至 6 世纪，位于今天的伊朗高原的萨珊王朝[①]波斯和与之相邻位于今天乌兹别克斯坦境内的撒马尔罕[②]以及塔什干[③]等地的文化影响。"

"请问先生，生活在万叶时代的人们彼时是否已经知道自己的思想里还渗透着来自遥远的中亚、西亚的文化？"

"如果单纯是指中国文化的话，他们肯定是已经意识到了的，可当时的伊朗、乌兹别克斯坦等中亚、西亚地区，被统称

[①] 萨珊王朝：古代波斯的一个王朝，也称波斯第二帝国。建立于 224 年，651 年亡。
[②] 撒马尔罕：今为乌兹别克斯坦第二大城市。中亚最古老的城市之一，丝绸之路上重要的枢纽城市。
[③] 塔什干：乌兹别克斯坦首都。

为'胡',所以,在万叶时代人们的脑海里,怕也只是有'胡'的概念而已,虽然当时的长安城中生活着很多来自波斯国的人,这其中的很多人也曾去过奈良。"

"即便身处当时万叶时代生活在日本列岛的人们对他们尚没有清楚的认识,但不可否认,他们的确是存在的。而且,我们要做的事,就是要通过研究去证明他们的存在。举个例子吧。

以平安时代的事情为例。大家都知道藤原道长[①]著有日记《御堂关白记》。

"在长德四年(998)七月的一段文字里,曾将七月一日用红色标记成'火曜日'(星期二),往下写了七天,在写着星期日的地方标示着'密''蜜'或者省略后标着'ウ'字。当时的日记簿,采用的是行间没有标注年代的日记簿版本,完全是模仿中国制造的。在星期日的地方也标有'密'、'蜜'和'ウ'的字样。'密'和'蜜'在汉文字中的发音是'mi',以表示粟特语的'mir'的发音。在粟特语中'mir'是星期日的意思。

"或许大家从未耳闻过粟特语这一语言。公元前2世纪至公元6世纪,以今天的乌兹别克斯坦共和国的撒马尔罕一带为

---

① 藤原道长(966—1028):日本平安时代的公卿、权臣,关白藤原兼家第五子,太政大臣藤原道隆之弟。

中心，长期活跃着一些专营东西方国际贸易的商业民族，他们的足迹遍及包括中国在内的丝绸之路广大地区。其中有一个民族，因为长期生活在粟特一带，所以被人们称之为粟特人，他们使用的语言被称为粟特语。或许当时的道长根本就不知道这个「密」字是代表星期日的意思，更不会知道它是粟特语。但，无论道长知道与否，《御堂关白记》中的「密」字与粟特语之间存在渊源是不可否认的事实。即便书写的人不甚了解其意，弄清楚隐藏于其中的关联、复原史实正是我辈研究者需要担负起的责任。"

"原来还有这样一个民族，粟特人，我还真是第一次听说。"

"虽说是第一次听说，但实际上你已经跟他们见过面了。陕西历史博物馆里摆放着许多精美的唐三彩，其中就有几尊紫髯碧眼的胡人俑，这些胡人俑就是粟特人。"

为了了解更多关于粟特人的故事，让我们启程飞向4000公里之外，探寻粟特人当初的足迹，造访沙漠上的绿洲明珠、古老丝绸之路上最重要的驿站之一、粟特人的故乡——撒马尔罕。

来自远方的丝绸之路

I

01

山上忆良眼中的马背歌舞

撒马尔罕的冬日泼水舞

丝绸之路横穿乌兹别克斯坦共和国。

该国首都塔什干，现在几乎已看不到昔日丝绸之路的影子，让慕名前来的游客们难免有些失望。所幸，撒马尔罕、希瓦①、布哈拉②这三个城市，或多或少仍保留了一些丝绸之路要地的痕迹。

1995年12月，我游历了撒马尔罕。虽然时值严冬，巴扎上却熙熙攘攘、人山人海，毫无冷清之感。街道旁摆满了盘子

---
① 希瓦：位于乌兹别克斯坦西南与土库曼斯坦交界处的地名。
② 布哈拉：是乌兹别克斯坦城市，中亚最古老城市之一，有2500年历史。

般大小的乌兹别克馕，更有新鲜水灵的蔬菜、种类繁多的果干、引人垂涎的辣椒面、被唤作纳斯的鼻烟以及鲜美可口的羊肉，人们讨价还价、相互周旋，给人一种时间会突然静止，粟特商人将随时出现的错觉。

据说，撒马尔罕本是一座有2500多年历史的古城，以这座城市为中心的泽拉夫尚河流域，从来就是粟特国的疆域。公元前2世纪至公元6世纪，原属于伊朗系原住民的粟特人在泽拉夫尚河流域建立了康国①、安国②、史国③等20多个小同盟国。盟主国是以撒马尔罕为中心的康国、以布哈拉为中心的安国和以希瓦为中心的史国。这些同盟国联合起来，构成了一个大的粟特诸国联盟组织。

粟特诸国与古长安城相距4000公里，途中经过塔克拉玛干沙漠、天山山脉、帕米尔高原，山遥路远，道阻且长，但意志坚韧的粟特人排除万难，跨国经商、向唐进贡，将萨珊王朝的奇珍异宝运往东方古老的中国。

粟特人的宫殿建立于阿芙拉西亚卜④丘陵上，可惜如今只

---

① 康国：西域古国之一，是昭武九姓的宗主，位于今撒马尔罕（Samarkand）附近，唐朝时曾设康居都护府，但其汉译名称的来历尚不能说已经完全探明。
② 安国：西域古国之一，是西粟特的中心，位于今布哈拉（Bukhara）附近，唐朝时为安息州，其汉译名称的来历也当与汉代的安息有关。
③ 史国：西域古国之一，当为"羯霜那"（Kashana）之次音节节译，位于粟特地区的东南端，又译为"佉沙"（Kish），唐朝时为佉沙州。史为昭武九姓中较大的一个姓，虽然其入华历史不如康、安、石等悠久，但其名声却颇为显赫。
④ 阿芙拉西亚卜：乌兹别克斯坦古代粟特城址，位于撒马尔罕城北。

剩下一片废墟。约 30 年前，该区域新出土了一批壁画，壁画上完美地描绘了使者向粟特国王进献贡品的景象。另外，位于泽拉夫尚河上游的粟特古城片治肯特①，也曾出土一幅绘有弹奏竖琴贵妇人形象的壁画。提到粟特人，人们往往会情不自禁地联想到《一千零一夜》中顽强刚毅、勇于冒险的沙漠商人，而壁画中的这位妇人却温婉柔美、典雅高贵。

751 年，信奉伊斯兰教的阿拉伯帝国和信奉佛教的唐王朝在撒马尔罕东北部的塔拉斯河畔发生激战。最终唐王朝战败，唐军战俘将自己掌握的造纸术带去了西方，在撒马尔罕建造了当时西方世界的第一家造纸工厂。

撒马尔罕位于北纬 40°，与日本秋田县八郎舄地处同一纬度，冬天气温很低，多降雪。每年农历十一月撒马尔罕都要举办民族风俗表演，名为"泼寒胡戏"。所谓泼寒胡戏，即少年们裸露身体于道路中列队跳舞，观众们向其身上泼水嬉戏玩闹的一种娱乐游戏。据《旧唐书》记载，"康国人多嗜酒，好歌舞于道路"，可以看出粟特人本身也是一个洒脱、欢快的民族。

---

① 片治肯特：塔吉克斯坦的城市名。

歌颂大唐皇帝的马背歌舞

粟特人带给大唐的不仅仅是商品或是萨珊王朝的珍宝，同时还带去了他们的风土人情。比如"泼寒胡戏"也被传入长安，并入乡随俗，演变成献忠祝寿、永庆万年的颂扬皇帝丰功伟绩的赞歌。寒冷冬月（农历十一月）的古都长安街头，常能见到这种鼓乐喧天的露天表演。其盛景在《新唐书》中也有记载："旗鼓相当，军阵势也；腾逐喧噪，战争象也"。

身着宝石镶嵌、刺绣织就的华丽胡服，男乐人们在马背上演奏乐器、表演歌舞，一派异国风情，宛若唐三彩中的骑马乐俑。观众们则用水囊向他们身上泼水。

马背上的乐人演奏的曲子叫《苏摩遮》。

摩遮本出海西胡，琉璃宝服紫髯胡。闻道皇恩遍宇宙，来时歌舞助欢娱。[①]

关于"海西"，在《后汉书·南蛮西南夷列传》中有"海西即大秦也"的记载。"大秦"，指西汉以后的罗马及地中海沿岸隶属于罗马帝国的地区。词中包含着感恩皇权的思想，认

[①] 出自《杂曲歌辞·苏摩遮》，作者是唐代诗人张说。

为泼寒胡戏之所以能够从当时的陆地西端传播至东方，皆得益于大唐皇帝的皇恩惠泽世界各个角落。

早在5世纪，粟特人的足迹就到了北魏的都城洛阳。6世纪末期，北魏分裂，泼寒胡戏也随之传至西魏，继而传入北周。然而，在都城长安，无论是当时的北周，还是之后的隋朝，均再未出现过泼寒胡戏的身影。据文献中记载，泼寒胡戏传入长安城已经是武则天执政后期的事情了。

武则天病逝于神龙元年十一月二十六日（705年12月16日），由此推算，泼寒胡戏传入长安的时间多半是在7世纪末到8世纪初。有记载称，唐中宗曾两次私访醴泉坊。醴泉坊位于长安城西市以北，坊内建有多座波斯胡寺、祆祠等寺院，是一条番客集聚、异国风情相当浓郁的娱乐性街市。泼寒胡戏就是在这里演出的。

但是，碍于朝臣们曾多次上奏力陈泼寒胡戏低俗粗放，有损国威，唐玄宗不得不于开元元年（713）下令禁止。地方上暂且不说，长安城内怕是再也没有欣赏泼寒胡戏表演的机会了，这种特殊的露天表演在历经数十年后终于在长安画上了句号。

若事实果真如此，那么亲眼见过泼寒胡戏的日本人实属有限，大概也只有那些恰巧于公元702年派出，且分别于公元704年、707年、718年回国的遣唐使们才可能有幸目睹。所以，泼寒胡戏的习俗，自然也应该是被这一段时间入唐的遣唐使们带回到日本本土的。

当然，当时传到日本的可能只是简单浅显的表演，并没有完全传习领会泼寒胡戏隐含的意义。不过，随着《苏摩遮》这首乐曲被推广开来，天平年间的日本民众至少可以有幸领略到一丝西域特有的异域风情。

日本的祈雨歌舞

山上忆良是第七批遣唐使团中的一员，正是他们将源自西域的《苏摩遮》带回了日本。

200年后的延喜二十一年（921）十月十八日，醍醐天皇令乐人们演奏了这首外来舞乐。不过在当时，其内容已经发生了变化，曲名也由《苏摩遮》变成《苏莫者》。

12世纪初编撰的《龙鸣抄》中有"苏莫者，身穿黄色蓑衣载歌载舞"的解释。蓑衣是雨具的一种，由此可见，这种歌舞自在康国诞生伊始，便与水就有着极深的渊源。

另外，13世纪初编撰的《教训抄》有记载称，《苏莫者》为天下大旱时春日大社求雨仪式上演奏之舞乐。据说这源于圣德太子在马背上演奏尺八[①]时山神真身现世一说。在马背上演奏尺八，与《苏摩遮》表演中骑马乐人的形象如出一辙。

---

① 尺八：竖笛的一种，无簧，因标准管长为一尺八而得名。

绘有舞乐之图的《信西古乐图》中，苏莫者表演中多是脸戴面具、头戴兜帽、身着蓑衣的山神形象，这应该是泼寒胡戏在日本的变化，从穿蓑衣的形象，可窥视其演变过程。

唐朝载歌载舞的露天歌舞表演"苏摩遮"，日本祈雨仪式上的舞乐《苏莫者》，它们的原型均为遥远的西域古都撒马尔罕的当地风俗乐——泼寒胡戏。

02

衔枝鸣唱的黄莺鸟

阿芙拉西亚卜丘陵壁画的咋鸟纹[①]

乌兹别克斯坦物产丰饶,不仅黄金产量居世界前列,还是世界上屈指可数的棉花生产国,并且粟特人又将丝绸经由丝绸之路带来此地。既有棉花,又有丝绸,还不缺少黄金,乌兹别克斯坦人的服饰自然十分时尚、奢华。《旧唐书》中就有关于康国(都城在今乌兹别克斯坦的撒马尔罕)国王佩戴黄金装饰的毡帽和平民女子所穿的锦缎衣服的记载,这说明当时西域的服装与图案在唐人眼中也十分珍贵。

咋鸟纹便是来自西域的一种代表性图案,形式为鸟儿衔着

---

① 咋鸟纹:日本学者将鸟衔物的图案统称为"咋鸟纹"。

树枝、花环、蝴蝶结等物，正仓院①的文物上也常有这种纹饰。但最令人惊喜的仍是其发源地撒马尔罕的发现。出土于阿芙拉西亚卜丘陵的壁画中描绘了恰加尼扬国②国王和使者向康国国王进献贡品的盛景。头戴丝绸帽、腰束黄金带的恰加尼扬国使者，就穿着华丽的绘有咋鸟纹的卡夫坦长袍。

艾尔米塔什博物馆③收藏的萨珊王朝时期的盘子上也出现了咋鸟纹，如忍冬唐草图案中有一只衔着项圈的鸟儿，或者镀金银盘子正中雕刻着一只衔着寓意生命的树叶的鸟儿，都是典型的萨珊王朝时期的图案。

在西域各地，人们也陆续发现了已经融合东方特色的咋鸟纹。阿富汗的巴米扬④的壁画上就有萨珊王朝特有的圆形连珠纹，纹中有两只鸟儿衔着珍珠首饰。馆藏于艾尔米塔什博物馆的克孜尔千佛洞⑤装饰画残痕上也发现了同样的图案，花纹中两只鸟儿衔着首饰相对而立。馆藏于日本东京国立博物馆、出

---

① 正仓院：日本奈良时代的仓库，在今奈良市。始建于8世纪后半叶，位置在东大寺大佛殿西北面。收藏了大量的来自中国、朝鲜、波斯的文物。
② 恰加尼扬国：今塔吉克斯坦、乌兹别克斯坦一带。
③ 艾尔米塔什博物馆：俄罗斯的冬宫博物馆，世界四大博物馆之一。
④ 巴米扬：阿富汗的省名。世界著名的巴米扬大佛就位于巴米扬省巴米扬市境内，被联合国教科文组织列为世界文化遗产。
⑤ 克孜尔千佛洞：克孜尔石窟。中国佛教石窟，位于新疆拜城县克孜尔镇东南7公里明屋塔格山的悬崖上，南面是木扎特河河谷。2014年6月被联合国教科文组织列为世界文化遗产。

土于苏巴什①的7世纪舍利容器,绘有被连珠纹环绕的长着翅膀的裸体孩童天使,和孩童天使相对的,是衔着丝带饰物的鹦鹉。出土于新疆吐鲁番的碎布上的连珠纹中也有衔着丝带饰物的鸟儿。俄罗斯哈卡斯共和国克列拉出土的一只带把手的金壶经考证为8—9世纪斯基泰文化②遗产,这只壶上也雕刻着口衔丝带饰物的类似凤凰的鸟儿。

萨珊王朝的镀金银盘子上,鸟儿衔着的是寓意生命的枝叶;唐朝高级官员衣服上,鸟儿衔着的是寓意吉祥的瑞草;而螺钿紫檀阮咸(一种弹拨乐器)上,鸟儿则衔着寓意富贵的珠宝或象征官位的绶带。可以推测,咋鸟纹自诞生伊始多半是一种咒语形式的表现,是人们对生命和幸福的祈祷,只是后来逐渐演变成兼具艺术性和装饰性的图案纹样。

大唐高官的风尚

1970年,在唐长安城兴化坊(现西安南郊何家村)的地下发现了两个大瓮,里面装有216件金器、银器,向世人展露了唐朝金银器风貌一隅。据说,这一带曾是玄宗皇帝的表兄、

---

① 苏巴什:龟兹古遗址之一,在新疆库车县城偏东23公里的确尔达格山南麓,国家级重点文物保护单位。
② 斯基泰文化:斯基泰人创造的文化。斯基泰人是世界上最古老的游牧民族之一,主要活动于中亚和南俄草原。

邠王李守礼（741年去世）的居住地。大瓮极可能是邠王的家人在公元756年"安史之乱"中举家逃离都城前被迫埋藏在地下的。甚至可以说，藏身大瓮的宝物代表着大唐帝国鼎盛时期的文化。

这其中，侧面雕刻着衔花孔雀的孔雀纹银方盒、背面雕刻着衔丝带凤凰的镏金翼鹿纹银盒，还有雕刻有衔着树枝的鸟儿图样的雕花金碗、唐草纹透雕银质熏炉等也都是极具代表性的咋鸟纹文物。

由此可见，西域传来的咋鸟纹作为一种外来纹样在盛唐广为流行，除了何家村的珍宝，还有许多唐代文物上出现了这种纹样，如西安市鄠邑区出土的唐代铜镜，背面雕刻有衔着花枝的两只凤凰。西安唐大明宫遗址出土的献给德宗的贡品——双凤纹镏金大银盘，盘边缘雕有6对12只鸟，每一对鸟儿都衔着一枝树枝。还有同时期出土的鹦鹉狻猊纹花棱铜镜、镏金银质花鸟纹碗等文物。此外，在河南省伊川县出土的唐代文物上同样也有咋鸟纹，如瑞鸟瑞兽草花八棱青铜镜，就雕有衔着花枝的瑞鸟图案。

咋鸟纹不仅常被用作金银器皿上的雕刻纹样，作为衣服上的图案也备受青睐。伽色尼国使者的卡夫坦长袍就是很好的佐证。唐文宗在位期间（827—840），由于这种图案特别珍贵，甚至只有三品以上的高官才被允许穿着有鹊衔瑞草或燕衔绶带

I 来自远方的丝绸之路

等咋鸟纹的袍子。

然而咋鸟纹流传的轨迹并未止步于大唐，继续向东，远在俄罗斯的滨海边城也出土了一面雕刻着咋鸟纹的镜子，初步判定是渤海国或者女真时代的文物。

因此，咋鸟纹不仅自长安经遣唐使传入日本，也有从渤海国经遣渤海国使等渡海传入。

奈良时期流行的咋鸟纹

日本奈良时期流行的咋鸟纹是花鸟纹的一种，内容为鸟儿在花草中翩翩起舞，常见于正仓院御物上。例如具有代表性的玳瑁螺钿八角箱、紫檀木画箱、密陀彩绘箱、金银山水八卦背八角镜、鸟兽花背圆镜、云鸟飞仙背圆镜、鸟兽花背八棱镜、螺钿紫檀琵琶、金银绘漆皮箱、粉地银绘花形几、雕刻尺八、吴竹竽（一种管乐器）、银平脱镜箱、假斑竹笙、苏芳地金银绘箱、红象牙牙雕拨、投壶、紫檀木画挟轼、碧池金银绘箱、金银平脱八花镜、银平脱盒子、棋子、螺钿紫檀阮咸、红象牙牙雕尺、绿象牙牙雕尺、金铜凤凰彩纹、天盖垂饰、八角漆皮箱、漆金薄绘盘等。

这些御物中，即使很小的棋子，表面仍然雕满了栩栩如生的衔着鲜花的鸟儿。螺钿紫檀阮咸上，以精致的螺钿工艺呈现衔着丝带的鹦鹉的华丽图案。

庆云元年（704）十一月八日，正三品堂上忌部宿祢子[①]首向伊势神宫[②]奉上了凤凰镜和窠子锦缎。因第七批遣唐使粟田真人[③]回国后，于十月九日曾向天皇复命言及此物，因而这两件供奉品极有可能是从唐朝带回的。

凤凰镜因其背面雕刻着神鸟凤凰而得名，如同金银山水八卦背八角镜、鸟兽花背圆镜、云鸟飞仙背圆镜、鸟兽花背八棱镜，亦属花鸟纹镜。

另一件贡品，窠子锦缎上印着的则是花卉纹。这种图案在唐朝非常普遍，在日本却极为珍贵。据研究古代碎布的学者松本包夫推断，窠子锦缎颜色鲜艳、绚丽多彩，极可能是印有大圆纹的纬缎。天平胜宝九年（757）圣武天皇一周年忌法会的用品上，常见到夹杂着鸟、花草、玉连珠等物的纹样。

松本氏将法隆寺幡与天平胜宝四年（752）东大寺大佛开眼用品和天平胜宝九年圣武天皇一周年忌法会用品制成表，进行了对比，发现法隆寺幡中常见类似几何图形般抽象的纹样，而圣武天皇一周年忌法会用品中则更多使用鸟、花草、玉连珠

[①] 忌部宿祢子：日本古代，朝廷中掌理"祭祀"的部门称为忌部，其后人以此为姓，忌部氏遂成为日本的氏族之一。宿祢，日本飞鸟时代天武天皇八色姓赐姓中第三等，主要赐给如大伴氏和佐伯氏等神别氏族。

[②] 伊势神宫：位于日本三重县伊势市的神社，创建于天武、持统天皇时期，被认为是全国神社之本宗。

[③] 粟田真人：武则天统治时期来到中国，中国史书《旧唐书》亦有记载。

等物交错搭配的纹样。

使用多种颜色的丝线进行纺织的纬锻技术的发展，使得纬锻中织造鸟、花草、玉连珠等纹样成为可能。纺织技术的发展也引发了奈良末期花鸟纹的流行，贵公子大伴家持也曾身披流行于天平时期的纹样衣裳。通过研究正仓院的茶色质地花鸟纹夹缬粗绢织品、浅红质地双鸟唐花纹蜡染绢织品、紫色质地凤凰唐草圆纹锦缎、白色质地花鸟纹夹缬粗绢织品、绿色质地花鸟兽纹锦缎、绿色质地花卉鸟蝶纹锦缎、浅绿色质地花卉鸟兽纹锦缎、花鸟纹染绘、凤凰纹锦缎地毯等大量花鸟纹织物得知，天平时期的日本匠人曾用心观察过鸟儿于花草林叶间穿梭飞舞、活泼灵动的姿态。

衔枝鸣唱的黄莺鸟

咋鸟纹在和歌的世界里自然也有所体现。

春霞流るるなへに青柳の、枝咋ひ持ちて鶯鳴くも

（卷10·1821）

（云霞流动春风拂，嘴衔青柳黄莺鸣。）

其中的意象"霞"一般是指"云霞缭绕"，用作汉语"流霞"的日文译法「流るる」（流动）一词也仅出现于此首和歌。无

论是对异国花鸟纹的题材选择上,还是对日译汉的词汇使用上,该作品的创作手法极具时髦之特点,作者虽不明确,但基本可以断定其为知识阶层的人。

越中守、大伴家持的下级官吏、掾大伴池主,是《万叶集》歌人中与山上忆良齐名的异国文学通,他曾给卧病在床的大伴家持写过一封书信。

> 春は楽しむべし。暮春の風景は最も憐れべし。紅桃は灼灼にして、戯蝶花を廻りて舞ひ、翠柳は依依にして、嬌鶯葉に隠りて歌ふ。(卷17・3967序)
> (春光万里无限好,暮春之景最是哀。桃花粉粉争相艳,戏蝶花间舞翩翩。翠柳依依亮倩影,娇莺叶间展歌喉。)

这首和歌多处化用《游仙窟》《诗经》《庄子》《王勃诗序》等作品中的诗句,环环相扣、彼此交融、恰如其分,无法在此列举全文实属遗憾。

这一小节描绘的是青柳枝头穿梭舞动的黄莺鸟,其中,"娇莺"一词早期曾出现于南朝陈的江总诗作《梅花落》中"梅花密处藏娇莺"句,这和掾大伴池主所描绘的"娇莺叶间展歌喉"的意象极为相近。此外,梁元帝咏春景诗中也曾出现"新莺隐叶啭"(《和刘上黄春日诗》,见《玉台新咏·卷七》)

的语句，此类语句多见于六朝时期至初唐时期的诗歌当中。大伴家持和掾大伴池主都曾读过《游仙窟》中"娇莺锦枝乱"的佳句。

"戏蝶"一词亦曾在南朝梁刘令娴诗作中出现，"鸣鹂叶中响，戏蝶枝边弩"（《答外诗二首·其一》）。作品同时吟咏"戏蝶"与"鸣鹂"，意象更贴近于掾大伴池主的作品。刘令娴的诗多收录于万叶歌人耳熟能详的《玉台新咏·卷六》，想必掾大伴池主一定会有所耳闻，更何况《游仙窟》中也有所提及。

就连书信竟也写得极富异国情调，掾大伴池主一定是将那藏于叶间的娇莺视为当时亚欧大陆流行的咋鸟纹了。

序文的下面，是掾大伴池主赠予大伴家持的两首和歌。其中一首是：

鶯の来鳴く山吹うたがも　君が手触れず花散らめやも（卷17·3968）

（黄莺鸣啭棣棠开，君未赏触花不凋。）

描写的是金黄色的多瓣棣棠花枝头飞舞着灵动的黄莺鸟的景象，意象也该是属于咋鸟纹。

咋鸟纹多描绘的是穿梭飞舞于林叶间的飞鸟姿态。于大伴家持等万叶歌人而言，比起婉转啼鸣的声音，鸟儿自由飞翔的姿态更能引发歌者的灵感。

值得一提的是大伴家持和歌中关于"钻空、穿过"之义的「たちくく」独特表达方式。「たちくく」相当于汉字的"立潜"或"立漏",「たち」属于接头词,意为"钻空、穿过"。

あしひきの木の間立ち潜く霍公鳥　かく聞きそめて後恋ひむかも（卷8・1495）

（杜鹃青山不现影,声声不息催情生。）

あしひきの山辺に居れば霍公鳥　木の間立ち潜木鳴かぬ日はなし（卷17・3911）

（身居山麓玉林中,但闻杜鹃日日鸣。）

桃の花　紅色に　にほひたる　面環のうちに　青柳の　細き眉根を　咲みまがり　朝影見つつ　少女らが　手に取り持てる　まそ鏡　二上山に　木の暗の　繁き谷辺を　呼びとよめ　朝飛び渡り　夕月夜かそけき野辺に　遥々に　鳴く霍公鳥　立ち潜くと羽触に散らす　藤波の　花懐かしみ　引き攀ぢて袖に扱入れつ　染まば染むとも（卷19・4192）

（面如桃花色润红,青柳细眉喜弯枝。朝霞拂面画倩影,少女妙手弄香奁。二上山谷密林暗,朝翔杜鹃啼

Ⅰ 来自远方的丝绸之路　　019

不绝。夕阳西下月光微，轻闻杜鹃细鸣声。展翅拊散藤萝波，花散惜花攀折枝。袖中花瓣清香漫，欲醉藤萝方可休。）

以上三首和歌吟咏的都是林木间翻飞的杜鹃。第三首长歌中针对少女的描写，基本是将中国古诗词原封不动地照搬过来，令人联想到汉诗中的咋鸟纹意象。

这三首和歌中出现的「たちくく」一词，都只见于大伴家持所作和歌之中，且每每描绘的都是啼鸣杜鹃恣意飞翔的意境。同时期的其他万叶歌人自不必说，后世歌人的作品中也基本寻不到「たちくく」一词的再度出现。

除「たちくく」外，大伴家持还曾使用与之类似的表达"飞翔"之意的「飛びくく」。前文提及大伴家持在收到掾大伴池主所作"娇莺叶间展歌喉"的信件后，赋长歌一首作为回信，其中就曾用到「飛びくく」一词。

大君の　任のまにまに　級離る　越を治めに　出でて来し　丈夫われすら（中略）春花の　咲ける盛りに思ふどち　手折り挿頭さず　春の野の　繁み飛びくく　鶯の　声だに聞かず　少女らが　春菜摘ますと（后略）（卷17・3969）

（奉皇之命赴越国，身居高位又奈何。春暖花开无限好，但吾何能折花欢。春野草丰黄莺飞，但吾难觅莺歌鸣。少女采摘春菜时……）

山吹の繁み飛びくく鶯の　声を聞くらむ君は羨しも
（卷17·3971）

（棣棠花开黄莺飞，羡君欣闻莺鸟鸣。）

万叶歌人善于从视觉和听觉两方面描写黄莺或杜鹃，但更多的还是青睐于对声音的描写，大伴家持却另辟蹊径，常见于其笔端的都是"林间穿梭、上下灵动的飞鸟"，显得格外与众不同。因此，研究者们在研究大伴家持的作品时，总是轻易地被其纤细敏锐的目光所俘获。

关于杜鹃的习性，曾有这样的说明：

杜鹃行动敏捷，常在林间来回飞翔、啼鸣。（《日本鸟类大图鉴》，讲谈社）

杜鹃飞翔时首先上下微微扇动翅膀，继而滑翔并呈直线状飞入空中，此时其尾部呈水平状。（《万有百科大事典》，小学馆）

由此可知，杜鹃的啼鸣声自是一绝，但其飞翔的姿态迅敏、矫捷，亦称得上别具一格。

若果真如此，相较于其他单纯吟咏杜鹃啼鸣声音的万叶歌人，大伴家持更为关注的是杜鹃自由飞翔于林间的姿态，并能极其自然地将这种姿态吟咏表达出来。而且还不仅限于飞翔姿态别具一格的杜鹃，黄莺也同样进入他的视野。

那么，究竟是何种原因使得大伴家持在创作时产生这种特殊倾向呢？稻冈耕二曾对此提出过重要观点。主要是关于"黄莺"的描写，在分析前文提及的「春の野の　繁み飛びくく鶯の」（春野草丰黄莺飞）（卷17・3969）和「山吹の繁み飛びくく鶯の」（棣棠花开黄莺飞）（卷17・3971）两首和歌之时，稻冈耕二注意到了与这两首和歌有着同样视觉感的山氏若麻吕的和歌：

春されば木隠れて鶯そ　鳴きて去ぬなる梅が下枝に

（卷5・827）

（春日林中娇莺隐，鸣声飞去梅枝间。）

这首歌创作于富有中国风情的梅花宴上，歌的内容将追随中国情趣这一特点体现得淋漓尽致。将卷17中掾大伴池主赠予大伴家持的书简上提及的「嬌鶯葉に隠りて歌ふ」（娇莺叶间展歌喉）原封不动置换成日语的话，就和这首歌所表现的完全一样。可以说这是参考了如前所列举的「新鶯葉に隠りて囀る」（新莺隐叶啭）等中国诗句。

有着同样强烈的视觉效果的类似表达还有「木伝ふ」（攀枝）。

袖垂れていざ我が苑に鶯の／木伝ひ散らす梅の花見に（藤原永手・卷19・4277）

（垂袖临赏寒苑莺，攀枝散梅花艳绒。）

将"紫藤拂花树，黄鸟度青枝"（虞炎《玉阶怨》，见《玉台新咏·卷十》）翻译成日语的话，应该就是「木伝ふ」（攀枝）。

同时，稻冈氏又提出了大伴家持的黄莺诗歌与前文提及的橡大伴池主的书信创作于同一年的观点。由此推论，大伴家持笔下的「飛びくく鶯の」（飞翔的黄莺）毋庸置疑是受中国诗歌的影响。

稻冈氏的论文分析了《万叶集》中吟咏鸟儿的诗歌，论证了大伴家持对于「たちくく」（穿过）、「飛びくく」（飞翔）视觉表达的独特性，提出了大伴家持诗作灵感源自中国诗歌这一划时代的结论。稻冈氏十分严谨，仅论述了大伴家持描写黄莺的诗歌，但即使将范围扩及他描写杜鹃的诗歌也未尝不可。另外，探讨关于大伴家持对鸟儿视觉性描写的创作背景时，关注点不应仅仅局限于中国诗歌，还要考虑到咋鸟纹、花鸟纹流行的时代大背景。

西域纹样从遥远的西亚传至中国，经渤海继而传至日本。

直至 8 世纪，其原本的意义已渐被人们淡忘，部分退化、部分演变。即便如此，它依然是源自西域、富含人文色彩的国际文化之一，极具研究价值。

戏言歌人笔下的咋鸟纹

飞鸟口中衔着树枝、瑞草、宝石、绶带等，象征蓬勃的生命力，咋鸟纹描绘出的情境不仅表现出人们对生命和幸福的一种近乎原始意味的咒术性的祈祷，同时也装点了唐王朝和日本的贵族文化。

然而，有一位万叶歌人的咋鸟纹歌创作中却有着些许滑稽、讽刺的色彩。

池神の力士舞かも白鷺の 桙啄ひ持ちて飛び渡るらむ（卷 16・3831）

（白鹭衔枝空飞渡，宛若池神①力士舞。）

这首和歌的作者为长忌寸意吉麻吕，因题为『白鷺の木を啄ひて飛ぶを詠める歌』（《咏衔枝飞翔之白鹭之歌》），所以，很明显应该也是一首咋鸟纹歌，然而作者却将其比作力士舞。

———————
① 池神：地名，具体不明。

大宝元年（701）十月，意吉麻吕曾随从持统太上天皇和文武天皇纪伊行幸①，次年十月再次随从持统太上皇出行，史料中关于他的记载仅限于此，但依然可以推断，他应该是文武朝时期一名下级官员。

当时，意吉麻吕颇有名气，主要是因为他常能在宴会等场合即兴赋诗咏歌，借眼前貌似毫不相关的事物创作戏言歌。

例如，曾发生过这样一件事。某次宴会，入夜时分，不期然传来了几声狐狸的叫声，人们起哄，执意要意吉麻吕当场咏歌："你能否以眼前的食器、狐鸣、流水、小桥为题材为大家即兴创作一首和歌？"

意吉麻吕答应了众人的请求，只见他环顾了一眼周围的食具器皿，随即便吟唱起来：

さし鍋に湯沸かせ子ども櫟津の　檜橋より来む狐に浴むさむ（卷16・3824）

（栎津桧桥现狐影，锅中沸汤浴迎之。）

「さし鍋」指的是有把手的锅，代表着正使用着的餐具；「櫟津」是指位于「櫟本」西边的码头。此句中，「櫟津（ひつ）」是餐具「櫃（ひつ）」②的谐音。「檜橋（ひばし）」代表器具「火

---

① 纪伊行幸：纪伊为日本古代的纪伊国，今纪伊半岛一带。天武天皇去世后，其妻持统天皇为缅怀丈夫的遗志，曾前往纪伊国巡视。
② 櫃：饭柜，一种食器。

箸（ひばし）」①。「来む」（来，来自）代表的是与之发音相似的狐狸叫声「コーン」。如此这般，被要求体现在歌中的元素样样齐备。

其中"狐鸣"即为和歌创作的契机，又因时值宴会进行之中，周围摆满了"餐具"，自然也被列入题材之一。之所以要求将"流水"和"桥"一并写进歌里，是因为宴会设在「樂津」，即今天的奈良县大和郡山市栎枝町附近。这里现在仍有河流经过，因而当年宴会上的景致自然少不了流水和小桥，并且根据意吉麻吕的和歌中的描述，这座架在河上的小桥很可能是用扁柏木建造的。

这首歌的内容是"煮沸锅里的热水，把它泼向扁柏桥方向过来的狐狸"。不知道是为了吓唬狐狸，将它赶走呢？还是要迎接狐狸，欢迎它的到来？文末并未点破。但这首和歌的可贵之处，正在于将一些彼此间貌似毫无关系的题材巧妙地结合在一起，架构完整、情趣兼备，至于其中的含义已经是次要的了。适度留白，恰恰能给听众和读者以无限遐想。

手持长戟之池神力士舞

再说前文所提意吉麻吕所作的《咏衔枝飞翔之白鹭之歌》。

---

① 火箸：火钳，火筷子，一种用来夹炭火的器物。

歌中描述的口中衔着树枝、上下翻飞的白鹭，舞动长戟的力士。力士舞，是一种手持长戟的舞蹈，姿态与衔着树枝飞舞的白鹭颇为相近。虽然不难想象其舞姿如何，此处还是有必要较为详尽地介绍一下力士舞到底是一种怎样的舞蹈形式。

著于天平十九年（747）二月十一日的《法隆寺迦蓝起源及财产目录账》『法隆寺伽藍縁起并流記資財帳』中列举了几种伎乐①的道具，如下：

伎楽壹拾壹具　師子貳頭　師子子四面　治道貳面　吳公壹面　金剛壹面　迦楼羅壹面　崑崘壹面　力士壹面　波羅門壹面　孤子叁面　醉胡七面

（伎乐十一具　狮子二头　幼狮四面，治道两面　吴公一面　金刚一面　迦楼罗一面　昆仑一面　力士一面　波罗门一面　孤子三面　醉胡七面）

由此可知，伎乐是一种戴着面具表演各种人物以及动物的音乐剧，也被唤作吴乐，源自中国《三国志》中记载的吴国，据说是经由百济传入日本的。正如《法隆寺迦蓝起源及财产目录账》提及的，伎乐和法隆寺渊源颇深。圣德太子曾用番乐来供奉三宝②。多数观点认为此处的番乐指的就是伎乐。由此推

---

① 伎乐：乐器伴奏的假面哑剧，据说公元612年由来百济的味摩之传入日本。作为法会的供养乐盛行于8世纪后半叶，但后来因传入管弦雅乐而衰败。

② 三宝：此处指佛和佛传授教义的法以及传播其教义的僧，即佛、法、僧。

断,伎乐应该是在推古时期传入日本的。

当时,法隆寺、四天王寺、川原寺、橘寺、太秦寺均设置有专门的剧团,大宝年间实施律令制以后,雅乐寮①中还专门配有教授伎乐的老师。天平时代是伎乐的鼎盛时期,天平胜宝四年(752),东大寺大佛开光之时,民众曾敬献了一场盛大的伎乐演出,当时制作、使用的面具如今尚有留存。但是,随着管弦雅乐的发展,王孙贵族对粗野的伎乐的喜爱程度大不如前,伎乐演出勉强存续到镰仓时代,最终退出了历史舞台。

通过《法隆寺迦蓝起源及财产目录账》中与面具相关的记载可知,其顺序与表演时的登场顺序大体相同。尽管可以推定当时登场的人物与顺序,但遗憾的是,表演的具体内容却再也无从知悉了。那么,力士舞到底是怎样的一种舞蹈呢?我们试着从著于镰仓时代初期的舞乐书《教训抄》②一书中相关的记载来一探究竟。

前述《法隆寺迦蓝起源及财产目录账》中,虽然只记载了吴公的面具,而没有吴女的面具,但无论是法隆寺还是正仓院,都能见到容貌端正的吴女面具文物。与之相应,《教训抄》中也找到了关于吴女的记载。

---

① 雅乐寮:律令制下司掌宫廷音乐的官署,专司对乐人的管理,并负责歌舞音乐的演奏教习等事务。
② 《教训抄》:雅乐文献,日本最古老的音乐书。天福元年(1233)成书。全面解说日本古代音乐和表演艺术。

传闻昆仑深深钦慕出身贵族的汉族女子——吴女的舞姿。虽然在现实中，中国西部的确有一条东西走向的昆仑山脉，但作为传说中西王母等仙圣居住的所在，昆仑山却是虚构的。雅乐中，演绎"昆仑八仙"的舞者，往往佩戴饰有尖锐鸟嘴的面具。收藏于东大寺的昆仑面具，表面呈黑色，看上去非人非兽，反倒是和能乐面具中的鬼怪类别[①]有些相近。吴女与昆仑，真可谓是美女与野兽。

他们的爱情故事却并不简单。据《教训抄》中记载，昆仑"用扇子敲打着摩罗形"。僧侣的隐语中，男性生殖器常被称为摩罗，同一种形状的东西即为摩罗形。昆仑的表演者通常会在腰间佩带巨大的摩罗形，然后做用扇子敲打的动作。现在许多地方的曲艺表演中仍然存在类似的动作，目的是为了祈求五谷丰登、多子多孙。但其实，这个动作最初的寓意是指昆仑和吴女的性行为，目的自然是为了开花结果。

接下来，为了惩戒敲打摩罗形、逼迫吴女的昆仑，力士登场了。东大寺大佛开光时使用的力士面具，朱红色的嘴巴抿成一字形，其上排列有插嵌胡须的小孔，头顶的发髻与面部的胡须都和《三国志》中描绘的英雄形象相差无几。力士将绳索系在昆仑的摩罗形上，将摩罗形拽至手中折断并绑在自己的长戟

[①] 能乐面具：大致分为神、男、女、狂、鬼等类别，其特色为呈现中性的表情，即一个面具能适应喜怒哀乐各种表情。

I 来自远方的丝绸之路

上，跳舞庆祝，昆仑则就此投降。《教训抄》中将这种戏码称作「魔羅振り舞」（摩罗形舞）。换言之，所谓的力士舞，就是摩罗形舞。

意吉麻吕将衔着树枝的白鹭比作手持摩罗形且满脸胡须、皮肤黝黑的力士。纯白和黝黑，树枝和摩罗形，高雅和粗俗，强烈的对比实在是精妙绝伦。

源自西域、带有异域风情的咋鸟纹，在唐朝本是一种高贵典雅的纹样，传至日本，于戏言歌人的笔下却成了低俗不堪的摩罗形舞。

将意吉麻吕称为戏言歌人也许过于片面，接下来笔者尝试着为他辩白。我们欣赏一下下面这首新古今歌人藤原定家的名作：

駒とめて袖打ち払ふ蔭もなし 佐野の渡りの雪の夕暮れ

（下马弹袖无处隐，雪漫夕阳佐野渡。）

其实这首作品，完全是在意吉麻吕所创作的和歌『苦しくも降り来る雨か三輪の崎 狹野の渡りに家もあらなくに』（苦降雨水三轮崎，狭野渡处无人家。）（卷3·265）的基础上创作而成的。

03

从吉野川漂来的柘枝

大唐对西域的管辖

阿芙拉西阿卜城遗址的人物壁画中出现了《万叶集》所描述的咋鸟纹，这是令人激动不已的发现。阿芙拉西阿卜城所在的撒马尔罕，在中国古代被称为"康国"。

自汉武帝派遣张骞出使西域，中国的疆土一路向西扩张。为了对西域各地实施管辖，汉朝自公元前60年起便在龟兹（今新疆库车）设立了西域都护府①，管辖包括帕米尔高原以及喀喇昆仑山脉以东的地方。到了唐代，西域都护府的管辖范围变

---

① 西域都护府：汉朝时期在西域（今新疆地区）设置的管辖机构。西域都护是汉代西域官阶最高的官职。其主要职责在于守境安土，协调西域各国间的矛盾和纠纷，制止外来势力的侵扰，维护西域地方的社会治安，确保丝绸之路的畅通。

得更广,中国疆域已达喀喇昆仑山脉的西侧。

位于龟兹的西域都护府后来演变成安西都护府,驻地也被迁至距离伊塞克湖很近的今哈萨克斯坦共和国阿拉木图,"昭武九姓"(石①、康、史、安、米②等九个王姓均为"昭武"的小国,其中康国即现在的撒马尔罕,石国为塔什干,安国为布哈拉,米国为片治肯特,史国为沙赫里萨布兹③,曹国为劫布坦那④,何国为喀沙尼亚⑤)也在其管辖范围,西方阿拉伯军队和东方唐军激战的塔拉斯,就位于石国境内。这些国家虽然都有自己的国王并实行自治,但名义上全部归唐王朝所管辖。

安西都护府之下又设有军事管制机构:康国设立了康居都督府,石国设立了大宛都督府,从而使得康、石两国成为这一地区的中心城市。时至今日,这两座城市仍是乌兹别克斯坦共和国屈指可数的大都市。

之前已经就撒马尔罕与《万叶集》之间的关系进行过说明,那么,接下来,我们要拜访另一座重要的城市——塔什干。

---

① 石国:西域古国之一,位于今乌兹别克斯坦首都塔什干(Tashkent)附近。
② 米国:昭武九国之一。具体位置不详,有学者认为米国的确切位置在乌兹别克斯坦撒马尔罕以南。
③ 沙赫里萨布兹,旧称渴石、竭石、乞史等,位于今乌兹别克斯坦南部。2000年,沙赫里萨布兹历史中心被联合国教科文组织列入《世界遗产名录》。
④ 曹国:在不同的时代及不同的记载中又分为东曹、中曹、西曹等,位于乌兹别克斯坦撒马尔罕附近。
⑤ 何国:位于康国与安国之间,是连接东西粟特的枢纽,故地在今乌兹别克斯坦撒马尔罕的西北方的喀沙尼亚。

石国的柘枝舞

乌兹别克斯坦共和国的首都塔什干是中亚唯一一座拥有地铁的大都市，是苏联时代仅次于莫斯科、列宁格勒和基辅的第四大城市，称得上是整个中亚地区的政治、经济、文化中心。塔什干也是一座有着 2000 年历史的绿洲城市，其城市发展轨迹与古丝绸之路密切相关。然而，如今的塔什干却没有留下任何可以让人追溯这段历史的痕迹。

唐代，石国的大宛都督府设置在柘枝城。城名中的"柘"是中国的一种野生植物，叶子可以养蚕，树液呈黄色，既可以做染料，也可饮用，木质坚硬，可用来制作弓箭。在西域这样的边塞地区是不可多得的宝物。分析"柘枝城"这个名字可以推断，"柘"在石国也应该是被当地人大量使用过，因此石国也被称作柘枝、柘折、柘支、柘羯，赭时（发音相似）等。源于柘枝国的舞蹈——柘枝舞亦由此诞生。

柘枝舞是一种由两名女童组合表演的舞蹈。舞蹈开始前，两名女童藏身于两朵莲花之中，随着莲花绽放，两名女童翩翩起舞。舞者常身着宽大的罗衫，袖筒处有五色刺绣绣成的花朵，腰系饰有藤蔓和花簇的银腰带，头戴缀有金铃的胡帽，脚蹬红色锦鞋。舞蹈结束时，舞者会将身着的罗衫脱掉一只袖子，露出肩膀。有关柘枝舞的记载中常会出现"流波""秋波"等词汇,可见眼神在柘枝舞中至关重要。

柘枝舞除了双人舞以外,也有单人舞、五人舞,甚至还可以二十四个人共舞。曾有文献记载,这些舞者有的手持竹竿,有的藏身花中,其间偶尔还掺杂有问答环节。正如泼寒胡戏从撒马尔罕传入长安后演变成面目一新的"苏摩遮"一样,柘枝舞在传至中国时也发生了一些变化,甚至宋代的柘枝舞与唐代的柘枝舞之间也会有所不同。

吉野的柘枝传说

柘枝舞也曾流入日本,但与"苏摩遮"情况有所不同。苏摩遮传至日本后,性质没有发生任何变化,依然是一种舞曲,而柘枝舞则不同,据《万叶集》记载,这个舞蹈被演绎成了传说《柘枝传》。

仙柘枝の歌三首(仙柘枝之歌 三首)

霰降り 吉志美が岳を険しみと 草取り放ち妹が手を取る(巻3・385)
右の一首は、或は云はく「吉野の人味稲の柘枝仙媛に与へし歌なり」と言へり。ただ、「柘枝伝を見るに、この歌あることなし。」

（霞零吉志美险峰，弃草除歇牵柔荑。）

这首歌，或为"吉野人味稻赠予柘枝仙媛之歌"。但是，"柘枝传中未见此歌"。

この夕柘のさ枝の流れ来ば　梁は打たずて取らずかもあらむ（卷3・386）

右の一首は、（以下欠、作者名か）

［昨夜柘枝若流至，水无鱼梁何取之。（这首歌下无作者名）］

古に梁打つ人の無かりせば　此処もあらましの枝はも（卷3・387）

右の一首は、若宮年魚麻呂の作。

（昔日若无鱼梁人，何乎惜此无柘枝。）

这首歌，为若宫年鱼麻吕之作。

根据第一首歌的注解可知，《柘枝传》的故事发生在吉野，主人公是一名唤作味稻的渔民，化作柘枝的仙女顺着吉野川漂流到此，被味稻用鱼梁捞起。

第二首歌是到访过吉野的歌人所作，歌中唱道："即使现在柘枝顺水而来，我也没有鱼梁捞它上岸。"而第三首歌的作者若宫年鱼麻吕则写道："如果以前没有用鱼梁捕鱼的渔民，现在这里应该会有柘枝的吧。"这第二、第三和首歌看似是在描写柘枝，其实都是歌人为遥想中化作柘枝的仙女而作。

《肥前国风土记》中有一首和歌，与第一首歌极为相似，「霰降る杵島が岳を険しみと」（霰零杵岛山峰险）；《古事记》中仁德天皇的部分也曾记录了一首和歌，虽然下句描写的内容有所不同，形式上却十分相近，「梯立の倉椅山を険しみと」（陡峭仓椅山峰险）。这些都应该是口头传诵过程中对歌中地名做了适当修改，用当地地名取代了歌中原有地名。因为吉野本没有名为"吉志美"的山，歌中最早描绘的应该是位于佐贺县境内的杵岛山，推断「吉志美山」这个名字多半是为了迎合吉野的柘枝传说而编造出来的。

除《万叶集》外，于天平胜宝三年（751）完成的汉诗集《怀风藻》中也有六首与柘枝传说有关的汉诗。

漆姫鶴を控きて挙がり　柘媛魚に接きて通ふ（藤原史『吉野に遊ぶ』）

（漆姬控鶴舉，柘媛接魚通。）（藤原史《游吉野》）

鐘池越潭の跡を訪はまく欲り　留連す美稲が樣に逢ひし洲に（紀男人『吉野川に遊ぶ』）

(欲访钟池越潭①迹,留连美稻逢槎洲。)(纪男人《游吉野川》)

梁の前に柘吟古り 峡の上に簧声新し(藤原万里『吉野川に遊ぶ』)

(梁前招吟古,峡上簧声新。)(藤原万里《游吉野川》)

心を佳野の城に栖まはしめ 尋ね問ふ美稲が津(多治比広成『吉野山に遊ぶ』)

(栖心佳野域,寻问美稲津。)(多治比广成《游吉野山》)

鐘池超(「越」の誤り)潭凡類を異にし 美稲が仙に逢ひしは洛州に同じ(多治比広成『吉野の作』)

(鐘池超潭岂凡類,美稻逢仙同洛州。)(多治比广成《吉野之作》)

在昔魚を釣りし士(中略)柘歌寒渚に泛び、霞景秋風に飄る(高向諸足『駕に吉野宮に従ふ』)

(在昔钓鱼士,(中略)柘歌泛寒渚,霞景飘秋风。)(高向储足《从驾吉野宫》)

---

① 鐘池越潭:吴地的池,越地的潭。

平安时代，嘉祥二年（849）正月，兴福寺的大法师们献给天皇的三首长歌中对柘枝也有所提及。

日の本の／大和の国を／（中略）／何して／帝の御世／万代に／重ね飾りて／栄しめ／奉らむと／柘枝の／由求むれば／仏こそ／願成したべ／（中略）／三吉野に／有りし熊志祢／天女／来たり／通ひて／其の後は／譴め蒙りて／毗礼衣／着て飛びにきと云ふ／是も亦／此の島根の／人にこそ／有りきと云ふなれ（後略）

［日之本之大和国，（中略）千秋万代帝世兴。但求柘枝何其有，佛恩浩大愿成真。（中略）吉野山中熊志祢，天女下凡人间情。怎奈天神降其罪，身披礼衣飞上天，则问岛根有其人。（后略）］

综合《万叶集》和《怀风藻》以及兴福寺大法师的长歌三者分析，柘枝传说描述的应该是这样一个故事：渔民美稻（亦称"味稻"）在吉野川用鱼梁捕鱼时，捞起了柘枝。后来柘枝化身仙女，与美稻相爱并结婚。但两人的爱情遭到天谴，无奈之下携手逃亡至山野间，攀登陡峭的高山，后来身穿毗礼衣飞天而去。

在日中文学对比研究方面硕果颇丰的川口久雄和目加田

佐久两位学者都认为,这个故事应该就是从柘枝舞演变而来的,而故事的发生地应该就是被称作仙境的吉野。

他们的理由是,"柘"这种植物在日本极为罕见,《万叶集》《古事记》《日本书纪》中均未曾出现,只是在《出云国风土记》①中举例某个郡生长的植物名时才偶然被提及。如此罕见的植物是如何作为素材衍生出故事的呢？前文中曾有说明,在唐代,柘与人们的生活密切相关,又考虑到曾多次提及天皇驾临吉野的《古事记》《日本书纪》中对柘枝传说皆只字未提,《万叶集》收录的描绘天皇驾临吉野的和歌中也未曾出现,"柘枝"一词只见于汉诗中,说明这个传说应该是外来的。

唐代诗人刘禹锡《观柘枝舞》一诗中就曾提到身穿胡服的"仙女","山鸡临清镜,石燕赴遥津。何如上客会,长袖入华裀。"这样的景象与吉野川流域的仙境颇有几分相似。

前文中曾有提到,唐乐《苏摩遮》在传入日本后曾发生了很大变化,此外还有唐乐如《见蛇乐》②传入日本后演变成了《还城乐》。柘枝舞自西域一路传至长安,后经大唐流入日本,传播过程中几经演变,最后形成了"柘枝传说"。

---

①《出云国风土记》：出云国为日本古代的令制国之一。《出云国风土记》为日本最古老的地方志之一。
② 见蛇乐：表现西域喜欢食用蛇肉的人看到蛇之后兴奋雀跃,上前捉蛇的雄壮欢快的音乐。

Ⅰ 来自远方的丝绸之路

04

四眼骰子

索格狄亚那[①]**的骰子**

"双六用的骰子!"

参观位于阿芙拉西阿卜城址的撒马尔罕考古学博物馆时,有人发出这样的惊呼。

在今天的日本,即便是过新年时也难以见到的双六骰子,却突然出现在相距7500公里之外、位于中亚的乌兹别克斯坦共和国的城市撒马尔罕。

"双六"在古代的日本被称为「すごろく」或者「そうろく」(雙六),后来流行势减,渐渐从人们的视线里消失。直到明

---

① 索格狄亚那:粟特国和粟特人。

治时期才再次从国外传入，名称也发生了变化，被称为双六棋（亦称转盘游戏），整个游戏的道具由24个棋子和4个骰子构成。

于考古学博物馆展出的骰子，表面呈深绿色，土质，尺寸较小，共两个，点数都是六。因为骰子通常是四个一组，所以推定另外两个仍然被埋在阿芙拉西阿卜城址中尚未出土。但是，撒马尔罕西边100公里以外，索格狄亚那人的国度布哈拉，曾出土了一套双六棋的骰子，其中两个是象牙质，两个是土质，后者尺寸略小，为深绿色。

按照粟特人的风俗，孩子降生之后，大人们会让他们舔舐蜂蜜，并将蜂蜜涂在孩子手上，意指"用甜言蜜语诱惑买主，决不让到手的钱财从身旁溜走"，试图将这样的商业灵魂植入孩子的身体当中。博物馆展出的骰子满是污泥油腻，想来必定是被很多人使用过的。人们摇骰子的目的，到底是为了赚取更多的金帛钱财，还是为了慰藉长年跋涉在漫漫丝绸之路上的那颗疲惫心灵？或许这其中也不乏赔光在长安所赚的财物，输光随行行李骆驼、孤零零死在旷野荒漠中的不甘灵魂吧？

创作双六骰子歌的男子

粟特人传播的双六棋游戏经由中国远渡重洋，最终流入日本的国都奈良。也曾有学者称，游戏应该是在天平七年（735）

由吉备真备[①]带回去的。然而，考虑到日本早在持统天皇三年（689）已经颁布了禁止双六游戏的法令，推定双六棋应该是在那之前更早的时期传入日本的。

在双六游戏中，凝视手中的骰子创作和歌的人，自然就是那位在前文中所提到的为白鹭即兴创作和歌的歌人长忌寸意吉麻吕了。

一二の目のみにはあらず五六三　四さへありけり双六の采（卷16·3827）

（一二之上五六三，双六有四才圆满。）

分析这首和歌的内容得知，作者应该是在某个宴会场合手持骰子创作的。宴会上，空气中到处回荡着"出来，出来！五六！""看啊！两个四！""听话！来个一啊！"等掺杂着无尽欲望的呼喊声，谁又会在摇骰子的场合静静地呆立在那里，一声不吭、保持沉默呢？

江户时代的柳亭仲彦所著《柳亭记》中，曾有描绘摇骰子场景的作品。

五四を念ずるとき　五四五四と鳴くは深山のほとど

[①] 吉备真备：原名下道真备，生于695年（持统天皇九年），卒于775年11月3日（宝龟六年十月二日），出生于备中国下道郡（今冈山县仓敷市真备町）。吉备真备是日本奈良时代的学者、政治家（公卿），曾两次出任遣唐使，官至正二位右大臣，明治时期被追赠为勋二等。著有《私教类聚》50卷。

ぎす

三六を念ずるとき　三六さって猿眼

重五を念ずるとき　さっと散れ山桜

（想要五和四的时候，就念：五四五四随口唱，深山老林小杜鹃；想要三和六的时候，就念：三六走了猴急眼；想要双五的时候，就念：欲呼山樱漫天撒。）

想必手中紧紧攥着骰子的意吉麻吕也不能免俗，不过，他嘴里到底喊着"出来，出来！五六（go roku）"还是喊着"出来，出来！五六（itutu mutu）"？原文写的是"一二五六三四"。如果按训读读音的话，就是：

ヒト、フタ（hito、futa）の　目のみにあらず　イツツ（itutu）、ムツ（mutu）ミツ（mitu）、ヨツ（yotu）さへありけり　双六の采

（一二之上五六来，双六有三还有四。）

如果是音读读音的话就是：

イチ（iti）　ニ（ni）の目　のみにはあらず　ゴ（go）、ロク（roku）、サム（samu）　シ（si）さへありけり　双六の采。

（意思同上文）

I　来自远方的丝绸之路　　043

8世纪曾经广为流传的"大芹"①，开始被朝廷所禁止。禁令明文标注"大芹为国家之禁物"，第一次将包括赌博用具在内的一应玩物都列入禁物之列。有一首与双六相关的和歌，应该是在双六游戏被禁止之后创作的，「五六かへし、伊知六のさいや、四三さいや」（还我五点和六点，一点六点之采呀，四点三点之采呀）。「伊知六」是「一六」，「一」读作"yiti"，而不读"hito"。

11世纪前半期，藤原明衡②的《新猿乐记》一书中曾有关于赌博高手以及骰子游戏的记载。全文用汉文书写，通过有注音的古写本可以了解到，「一六ノ難ノ呉流シ」③没有标注读音，「四三ノ小切目」④旁标注着「シサンノコキリメ」（si sann no ko ki ri me），「五四ノ尚利目」⑤旁标注着「グシノナヲリメ」(gu si no na o rime)，「五四衝四」⑥旁标注着「グシショウジ」(gu si syou ji)。这里的「四三」、「五四」不读「ヨツミツ (yo tu mi tu)、イツツヨツ (yi tu tu yo tu)」，而是读作「シサン、ゴシ」(si sann go si)。

14世纪《源氏物语》的注释书名为《河海抄》，其中引

---

① 大芹：一种有毒的芹菜。
② 藤原明衡：日本平安时代的贵族、儒学者、文人。
③ 原文：一六難呉流。为赌博用语，讲究音律，具有双关意义。但意思不明。
④ 原文：四三小切目。同上。
⑤ 原文：五四尚利目。同上。
⑥ 原文：五四衝四。同上。

用了意吉麻吕的一首和歌：

いち二の目　のみにはあらず　ごすごろく　さんし
さやありけり　すぐろくのさい

（一二之上来五六，双六还有三和四。）

其中的数字是音读，也就是说，意吉麻吕当时喊的应该是"出来，出来！シ(si)"，而不是"出来，出来！ヨツ（yotu）"。

我对和歌中数字的排列顺序很感兴趣，按照常理，若前面是「一二の目」（一、二）的话，紧接着后面应该是「三、四、五、六」才对。如果意吉麻吕还活着，看到我这样排列一定会不高兴，其实，他的这首歌也可以改写为：

一二の目のみにはあらず三四五／六さへありけり双
六の采

（一二之上三四五，双六有六才算数。）

将歌词写成「五六三四さへありけり」（五六三四）的话，就成了一二、五六和三四，显然这样的排序就有些凌乱。

从刚才所列举的有关双六的资料中可以看到，在说两个骰子的点数时，一和六说成「一六」，而不是「六一」。五和四说成「五四」，而不是「四五」。正如歌中所唱：「五四五四と鳴くは深山のほとどぎす」（五四五四随口唱，深山老林小

I 来自远方的丝绸之路　045

杜鹃）。至于「五六」，虽然意思不明，但因点数特殊，读作「五六かへし」（五六），而不是「六五」。歌中的「五六」或许就包含这层意思。然而，如果按照这种规律往下推的话，接下来就应该像「四三ノ小切目」一样，应该是「四三」才对，可意吉麻吕又把它们颠倒了，写成了「三四」。在歌中，点数「四」写成「四さへありけり」，很明显是想通过使用「さへ」这一助词来加以强调。莫非因为出现点数四的话就会输？当时意吉麻吕到底在赌什么呢？

奈良时代的双六禁止令

奈良朝的人们喜欢转盘游戏（十五子）。转盘游戏与麻将不同，规则简单却极为有趣，对人数的要求也不多，两人足矣。游戏时间也无须很久。所以，玩输了的人可接着再玩，直到自己赢。因为决定胜负的不仅仅是头脑，还有骰子，所以聪明的人也未必就一定获胜。初学者易上道，因此常有人头脑发热，借钱参与游戏，输光了，就拿家里的土地、房子甚至老婆去质押，更有甚者竟然杀人、自杀，最终落下个妻离子散、家破人亡的结局。

政府曾先后两次出台禁止令。《日本书纪》持统天皇三年（689）十二月八日条文明确规定：严禁双六。《续日本纪》

天平胜宝六年（754）十月十四日的条文中也有相关记载。

玩骰子对身居五位有官职的人惩罚力度是最重的，位禄[①]与位田[②]都会被没收。身居五位的官人，会有月薪、季禄、位田、职田、功田、功封等赏封，如果从现任的职位上被罢免，不仅薪金与职田[③]，就连位禄与位田也会被剥夺，相当于功田、功封以及作为奖金的季禄也都没有指望了，只剩下每天两升米的月俸。凡国司、郡司的官员，对玩双六行为熟视无睹者，皆会被罢官，予以严厉制裁。

但司法对上位者宽大是寻常之事。于上层贵族而言，娱乐方式很多，远不止双六，他们自不会因为沉迷于双六而使富贵的生活沦落到捉襟见肘的地步。为双六所害的大多是下级官员和平民百姓。所以，禁令中对于那些与他们频繁接触的中层官僚，也有相应的严惩措施。

双六杀人事件

尽管上有刑罚，可民间转盘游戏并没有被彻底禁绝，严罚条令颁布的六年后，天平宝字四年（760）十二月二十二日，

[①] 位禄：与官位相应的俸禄。
[②] 位田：与官位相应的私田。
[③] 职田：是国家掌握的公田，不属官吏私人所有，只以收获物或部分收获物充作俸禄的一部分。

发生了一起转盘游戏引发的杀人事件。

僧尼令①中禁止僧尼赌博,犯戒者罚做百天苦役。即便不赌钱财,照样严罚。但依照禁令,告发他人犯戒者也得不到任何奖赏。尽管如此,僧尼赌博事件还是时有发生,更有甚者会犯杀人之罪。药师寺②有位和尚,法号达华,俗名山村臣伎婆都,在与同寺和尚范曜赌博时,二人发生了争执,达华将范曜杀害,最后达华被勒令还俗并发配到陆奥国桃生地区的边境。

圣武天皇也热衷于骰子游戏。正仓院保存了象牙质大骰子一个、中骰子两个、小骰子三个共计六个骰子,其中大骰子的点数"一"的位置被涂成黑色,两个中骰子的点数"一"的位置被涂成了朱红色,还有许多用水晶、彩色玻璃、琥珀等制成的围棋子。北仓保存着紫檀木象牙豪华双六棋盘。中仓保存着木画螺钿盘、榧木双六棋盘,以及沉香木雕花双六棋盘。《正仓院棚别目录》中还收录了绘有金银画的紫檀制摇筒(用来装骰子)。

『塵囊抄』(《塵囊抄》)中有这样的记载:

聖武天皇曲水宴時、詩を作らざる者には、五位已上に雙六局を給ひて、賭けには銭三千貫を下さるる。

---

① 僧尼令:奈良时代专门为僧尼官职制定的法律。
② 药师寺:位于日本奈良市西京。又称西京寺,为日本法相宗祖庭之一,南都七大寺之一。

（圣武天皇在曲水流觞时，给予不会赋诗的人，赏五位以上的双六局，赐以3000贯赌资。）

3000贯着实是个让人惊叹的大数目，因为平城京的法华寺阿弥托净土院，营造费也只是3300贯。按照1文等于70日元的标准，3000贯换算成现在的金额，就是2亿多日元。然而，如此庞大的一笔财富真的只是用作赌资吗？即便果真如此，赐予那些不会赋诗的人是否能赢更是未知数。

更令人不可思议的是，与意吉麻吕同样有着擅长即兴创作游戏和歌才能的安倍子祖父曾完成这样一首荒谬的作品：

吾妹子が額に生ふる双六の　牡牛の鞍の上の瘡

（吾妹额头生双六，似与母牛鞍生疮。）

舍人亲王为此居然还额外赏赐他2000文，真不知那时候究竟是怎样的一个时代。

古典教育的弊端之一，是一旦人们发现一首和歌，总是习惯性地先思考其作品创作的用意，也即是说，先从理论层面分析其结构。文中「吾妹子が額に生ふる」（吾妹额头生）一句修饰的到底是「双六」（双六）还是「牡牛」（母牛），或者说是「瘡」（疮）？「双六の」（双六之）修饰的又是什么？因为「の」（之）既可视为格助词，也可以当修饰助词来理解，

I 来自远方的丝绸之路

其用法的多样化使得整个句子的意思变得错综复杂。如果表述是「女房の額に生えたおでき」（老婆额头上长脓包）的话，意思层面推敲一下至少还能讲得通，可歌中明确唱的是「双六の牡牛の鞍の上」（双六母牛的鞍子上），这就让人不知所云、摸不到头脑了。双六的筹码唤作"驹"，若将"牛"换成"驹"的话，又多少显得有些牵强。将鞍子置于"驹"的背上确实是可以因了摩擦而生出疮来，但也应该是长在鞍子下面才对，又怎么会出现"鞍子上"的情况呢？不论怎么联想，这种说法都显得荒唐至极。

话又说回来，若荒唐就是噱头，那么用正常的思维自然是无法求证的。整首歌既符合五七五七七的规律，又因为「の」（之）的重复使用增强了律动，并利用体言①休止于第五句适当修饰，唱起来连贯、悦耳，毋庸置疑是一首绝佳的和歌，子祖父的确称得上是一位天才歌人。

此荒唐换来了2000文的赏金，换算成现在的日元，大概也有14万之多。迁都奈良的第二年即和铜四年（711），天皇决定为官僚封赏和铜钱，2000文相当于二品高级官员的赏金，像安倍子祖父这样本属于仆佣阶层的人，其赏金最多也多不过10文。

在当时普通人的生活中，2000文的价值大概是怎样的呢？

---

① 体言：日语的体言指没有词尾变化的名词，代名词，数词。

天平十一年（739）八月，东大寺抄经僧报与上司的文书中有一项日常生活所需物品的采购清单，包括柴火53担计470文，茄子5担3斗6升计740文等，涉及物品多达16项，所需总金额不过2000文。这样看来，赌双六、作谐歌才是那个时代挣钱发财的上上策。

下级官僚和平民都在暗地里偷偷进行双六赌博，上层的贵族更是完全无视禁令，日日摇着骰子贪图享乐。尽管颁布于延喜七年（907）的《延喜式》①中《弹正式》曾正式规定，"无论高低贵贱，禁止任何人参与双六游戏"，却依然没有取得任何实质效果。

《大和物语》有如下记载：

> 右京大夫宗于の君三郎にあたりける人、博奕をして、親にもはらからにも憎まれければ、足の向かむ方へ行かむとて、人の国へなむ行きける。（《大和物语》54段）
>
> （右京大夫宗于的老三儿子三郎，沉溺于赌博，为其父所憎恶，无处可去，远走他乡。）

右京大夫是整个京城东部地区的长官，同时兼任司法警察的工

---

① 延喜式：日本平安时代中期的法律实施细则，是当时律令政治的基本法。该书由醍醐天皇下令编纂，由藤原时平、藤原忠平主编，于延喜二十七年（927）完成编纂，于康保四年（967）开始实施。全书共50卷，约3300条。

作。所以,这位右京大夫憎恶其子赌博之行为倒也在情理之中。

三郎因为参与赌博,被剥夺官职,最终流浪他国。而道长[①]和藤原伊周[②]一干人等玩骰子玩得不亦乐乎,兴奋时甚至光着膀子沉迷赌局,彻夜狂欢,却从未受到过任何处分。

[①] 道长:藤原道长(966—1027),日本平安时代的公卿、权臣。关白藤原兼家第五子,太政大臣藤原道隆之弟。
[②] 藤原伊周:日本平安时代中期的公卿。太政大臣藤原道隆之嫡子。

05

岩滩上的小楠树

小楠——红楠的别称

时至今日，我依然无法忘记，那棵在阳光下熠熠生辉、叶片交互摩挲于微风中簌簌作响的红楠。

西安的演讲会结束后，我离开大堂，来到院中矗立着的高大的红楠树下，一路随行陪伴的向导仰望叠翠，不无感慨地说道："那些在风中摇动的茂密树叶，真的能让人感受到繁荣和生命力啊！"

禽脚爪，树龄可高达数百年——《万叶集》中大伴家持歌咏的小楠，即红楠。

之所以向导会由衷地感慨说红楠具有繁茂的生命力，大抵是因了我在刚才的演讲中，曾提到一首关于小楠的和歌，赞咏红楠是生命力和繁荣的象征。身为这次演讲会的组织一方，向导对我讲述的内容产生了共鸣，于是便引领我们来到大堂外，想让我们都能目睹这高大的红楠。参天巨木，确实令人震撼！

越中守家持见到小楠并为之创作的时间，是延历四年（785）三月中旬，按照现在的时间推算，恰好也是4月中旬，想必家持看到的小楠一定也似我眼前这棵红楠一般，枝叶繁茂，在阳光下熠熠生辉。

也因此，家持才能感受到那股流动于茂密枝叶里、闪耀着无限生命力的气息，感受到那股暗藏在根茎中、猛禽脚爪般试图遏阻岁月流逝的力道。正如歌中所写：

磯の上の都万麻を見れば根を延へて　年深からし神
　さびにけり（卷19・4159）

（石上小楠盘根深，古穆庄严岁月长。）

能登之神木

"古穆庄严"这种富有神圣感的歌颂，不单是指年代久远的认知，更是对神明存在的认同。不仅仅家持一人有这种感觉，能登的气多大社甚至将红楠奉为神木。供奉红楠神木的神社并不罕见。

《出云国风土记》的建国神话中，红楠就是神木。相传，能登半岛突出的一端被唤作珠洲的山岬，就是被出云的神明拉拽出来的，事后神明在仰天发出"噫吁！"的感叹后飘然离去。由此而来的松江市意宇之森，其象征就是一棵树龄近300年的红楠巨木。

葬于气多大社所在海滨的折口信夫[①]，也是被红楠木吸引的名人之一。

折口有一个独到的理论：楠，即为玉，是日本民族灵魂的依托。

在折口的脑海里存在着这样一个幻想：最初，我们的祖先漂流至日本列岛时，就停靠在红楠树林附近的海岸。在他看来，那海岸就是生长着茂盛的红楠树的气多大社的海边。

たぶの木のふる木の杜に入りかねて　木の間あかる
きかそけさを見つ

（踏进红楠古林中，但见幽光林间游。）

这首题为『気多はふりの家』（《气多陌生的家》）的和歌收录在其诗歌集『春のことぶれ』（《报春》）当中。被红楠的古雅庄重所打动，将日本民族的列岛漂流和参天大树结合

[①] 折口信夫（1887—1953）：日本现代民俗学者、国文学者、歌人、诗人。

在一起的折口，似乎也感受到遥远母国对于巨树的信仰。

利曼洋流沿沿海州顺流南下，掠过朝鲜半岛的东侧直击日本列岛，而后一路北上。这道环绕日本海回廊行进的洋流，时不时会送来一些被称为"肃慎"[①]、"靺鞨"[②]的东北亚通古斯人[③]。中国正史中曾有记载，公元3世纪前后，一些沿海州民众就已经漂流到能登半岛顶端的舳仓岛了，恐怕这一切自绳纹时代就已经开始，那时日本尚没有可用于记录的文字。作为东北亚文化起源，古代通古斯民族持有一种特别的宇宙树信仰：一棵贯穿天空与地面的巨树。他们信仰的巨木就是那棵宇宙树的微缩版化身。每个氏族都有自己氏族选定的宇宙树作为崇拜、供奉的对象。

丝绸之路沿途，生活在草原上的民族也有将巨树视为生命之树而顶礼膜拜的习俗。

东亚的生命之树

丝绸之路沿途多不毛之地，对巨树的信仰分布广泛。对长年生活在沙漠环境中的人们来说，水是他们生活的保障，而树

[①] 肃慎：亦作"息慎""稷慎"，中国古代东北民族，是现代满族的祖先。传说舜、禹时代，已与中原有了联系。
[②] 靺鞨：又称"靺羯"，中国古代民族。
[③] 通古斯人（Tungusic peoples）：一般是民间泛指母语属于满—通古斯语族的各族群。

木则拥有保护水源使其不致枯竭的天然力量。沙漠中生长的树木往往昭示着水源所在，是粮食的保障，是绿洲的象征，是生命的源头。

耐受干旱气候的白杨、沙枣、柳、柽柳等植物，根茎深埋可以更好地吸补水分，枝干开阔便于防风、抵挡烈日，它们渐渐地形成了绿洲。

印度各地多生长着巨大的榕树，密实的枝干上垂下无数气根，旺盛的生命力在酷热中翻涌。印度人民在逝者火化之后多会在原地种上一棵榕树，借其顽强的生命力寓意多产和重生。

历史上有许多关于植物顽强生命力的故事，最为人所熟知的是大贺莲，莲子历经2000多年竟依然可以发芽开花。屋久岛的绳文杉更是有着超过3000年的树龄，远远高于人类寿命极限。无论是跨越百年还是逾越千年，巨树历经几个世纪风霜洗礼而坚韧存续，实在是令人不得不感叹其神秘。

古代日本民众多信奉泛灵论，倾向于将事物原型理想化，将巨树视为神明降临的寄托，进而将对神明的崇拜转移至神木，这是很常见的事。《播磨国风土记》[①]中有云，仁德朝用楠木

[①]《播磨国风土记》：播磨国为日本古代令制国之一，属山阳道，又称播州。主城有上月城、置盐城、姬路城、三木城。播磨国的领域大约相当于现在的兵库县南部。《播磨国风土记》为日本最早的地志之一。

制造了快船"速鸟"；《仁德纪》[1]记载有用巨树制造的快船"枯野"，后用其制了名琴；《景行纪》"十八年七月四日"条[2]记载有筑后国的巨大橡树；《筑后国风土记》[3]记载有三毛郡的巨大苦楝树；《肥前国风土记》[4]记载有佐嘉郡的巨大楠树等——关于灵树、灵木的传说比比皆是。

《搜神记》《山海经》中也可以找到古代中国关于宇宙树"建木""扶桑"等巨树神话和巨木信仰的相关记载。弗雷泽[5]还在《金枝》里详细描述了全世界的树木信仰。

生命复苏的象征

冬日里干枯凋零，却又在春天发芽复苏，眼见着树叶冬天回归大地母亲的子宫，又于春天到来之际再次降生临世，生生死死，回环往复。可以说，世界各民族自古对圣树的信仰，都

---

[1]《仁德纪》：仁德天皇纪。仁德天皇，别名大鹪鹩尊，大雀命，生卒年不详，是应神大王的王子。在公元4世纪后期至5世纪前期在位，这期间正是大和朝廷统一国家的鼎盛时期。

[2]《景行纪》：景行天皇纪。景行天皇是日本传说中的第十二代天皇。

[3]《筑后国风土记》：筑后国为日本古代的令制国之一，属西海道，又称筑州。筑后国的领域大约为现在福冈县的南部。《筑后国风土记》为该国地志。

[4]《肥前国风土记》：肥前国是日本古代的令制国之一，属西海道，俗称肥州。原为火国一部分。大化改新后［有说持统天皇十年（696）］，将肥国分为肥前国、肥后国两国，肥前国的领域大约包含现在的佐贺县及除外壹岐岛和对马岛后的长崎县。《肥前国风土记》为该国地志。

[5] 弗雷泽（1854—1941）：英国人类学家、民族学家、宗教史学家。

源于对这种神秘生命力的顶礼膜拜。

这种圣树信仰和大地母神信仰皆与女性形象相关，树下美人像由此诞生。古埃及人认为，无花果树是可以为逝者带去永恒生命的生命树。描绘有无花果树下的底比斯[①]的墓室壁画（前16世纪至前14世纪）里，在高耸入云的巨树中就能寻找到这种女神形象。作为滋养万物的大地母神的化身，女神能为逝者注入来自地下的宝贵的生命源泉。

植根地下，汲取营养；树叶繁茂，清风吹拂；树梢伸展，耸入云霄——生命之树贯穿地下、地上和天空三个不同的空间，若是摩擦起火，巨树就会将宇宙中的地、水、风、火四种元素结合在一起，形成创造宇宙万物的生命之源。

土居光知氏认为，公元前2800年的苏美尔人信仰生命之树能够连接死亡和复活。关于这个观点，最早的发现是一枚雕刻在纯金戒指上的克里特岛[②]世界树的画像，成品于公元前15世纪米诺斯文化[③]第三期初期。我认为，《圣经旧约》中《但以理书》之所以记录下公元前600年新巴比伦尼亚国王梦见树

[①] 底比斯：是位于中希腊维奥蒂亚州的城市。因为这座城市是关于卡德摩斯、俄狄浦斯、狄奥尼索斯、七将攻忒拜、特伊西亚斯等故事的发生地，所以它在希腊神话中占有重要地位。
[②] 克里特岛：克里特岛位于希腊的南端，是爱琴海中最大的岛屿，希腊古老文化中心、地中海著名旅游地。
[③] 米诺斯文化：米诺斯是传说中克里特首领的名字，因此便将那一时期所产生的文化称为"米诺斯文化"。

木的故事，就是取其生命之树的寓意。

土地当中有树，高大且茁壮，可高达天际，延至地平线，目之所不能及。枝叶葱郁，果实繁盛，万物皆可从中取食。野兽卧于树荫，飞鸟栖于丛枝，凡有血肉者皆为其所养。

生命之树的思想被体现得淋漓尽致。

公元前9世纪新亚述帝国尼姆鲁德王宫①的浮雕也很古老。亚述那西尔帕二世②雕刻了一幅圣树崇拜的纹样。圣树连接了流水的河道和椰枣，寓意幸福、丰饶，这与新巴比伦尼亚国王梦境中的生命之树思想如出一辙。摆放于加尔各答博物馆正厅门廊处的巨大圣树，传说可以实现人们的所有愿望，常又被唤作如意树。

生命之树与动物

生命之树由动物守护。萨珊王朝的镀金银盘上绘有生命之树和护树圣兽虎，类似的还有生命之树和护树圣兽狮子等，都源自古代中东的肖像画。正仓院的白象绫几褥上也可以见到同样的纹样，西亚产的椰枣居中，两侧分别是狮子和驯狮人，别具特色的桌布很有异国风情。

---

① 尼姆鲁德王宫：指亚述古城遗址，建于公元前13世纪，位于底格里斯河河畔，距离摩苏尔大约30公里。这里有"亚述珍宝"之称，是伊拉克最著名的考古地点之一。
② 亚述那西尔帕二世：古代亚述帝国国王，在位期间曾发动大规模侵略战争。

正仓院的藏品中还可以见到其他生命之树与守护圣兽相互搭配的图案。如绀地夹缬绢几褥上，描绘有生命之树下一对鸳鸯双宿双飞；鸟草夹缬屏风上，一株花草下，长尾鸟悠然自得；鹿草夹缬屏风上，生命之树配以雌雄双鹿；羊木臈缬屏风和树木象臈缬屏风上描绘的图案也几乎是如出一辙，尽管在当时于奈良人而言，象还是一种未知的动物。无论奈良宫廷的众人是否已经意识到这些都源自一种生命之树的思想，但这思想确实已经流入奈良朝了。

亚欧大陆到藤木古坟

出土于藤木古坟[①]的文物，让我们对6世纪时日本与西亚文化紧密联系在一起的理由有了全新的认知。镀金铜质的马具，纹样中有令人瞩目的棕榈叶和禽兽，后鞍桥附有精工雕琢的黄金把手。

尤为引人关注的是广带二山式镀金铜质冠，广带上饰有镂空雕刻的两棵树，配以鸟形和剑菱形的图案。加藤九祚、门田诚一等亚欧文化学者曾指出，出土于阿富汗北部希比尔甘的蒂亚拉·梯波第六号古墓[②]的金冠，与藤木古坟出土的镀金铜质

[①] 藤木古坟：位于奈良县斑鸠町。
[②] 蒂亚拉·梯波第六号古墓：位于阿富汗北部的蒂亚拉·梯波遗址的六座贵霜帝国皇族墓葬之一。

Ⅰ 来自远方的丝绸之路　061

冠极为相似。《丝绸之路的黄金遗宝》中，作者维克托·伊万诺维奇·萨瑞阿尼迪[①]曾就这个金冠做过如下描述：

> 横带的内侧安装了五根小管，被从黄金薄板上剪下的五个镂空树木样式的装饰物固定住。底部有水平带，上面立着树干，树干上垂下树枝和树叶。上部的树枝上有一对，张开羽毛，伸长脖子的鸟，鸟的嘴里衔着心形的树枝。藤木古坟的镀金铜质冠除了装饰的数目不同，树木和鸟都与蒂亚拉·梯波出土的金冠是完全一致的。

接下来，萨瑞阿尼迪就金冠寓意的圣树思想和丰收理念做出如下阐述：

> 根据专家们的见解"树木和栖息的鸟"一般象征着丰收、幸福和平安。琐罗亚斯德教的圣典《阿维斯塔》[②]里的赞歌曾提到一棵集合了世界上所有植物种子的圣树。停留在树上的鸟儿捡拾落在地上的种子送往天空。种子随着雨水落到地面，生长出新的植物。这种观念比金冠还要早上1500年，并一直流传至今，那些装饰无疑象征着富裕和平安。在这种情况下，我

[①] 维克托·伊万诺维奇·萨瑞阿尼迪（1929—2013）：苏联考古学家。
[②]《阿维斯塔》：伊朗最古老的文献。成书年代可以上溯到公元前10世纪以前。

们理解了存在着众多谜团的印度、伊朗世界中，尤其是琐罗亚斯德教的古代神话观念里所保有的惊人生命力。

进一步地讲，"琐罗亚斯德教的部分古代神话观念"，即作为丰收和复活的象征的"树木与栖息的鸟"保有着"惊人生命力"这一点，从蒂亚拉·梯波金冠到藤木古坟镀金铜质冠皆有所体现。

蒂亚拉·梯波第六号古墓出土金冠的五根树状纹饰，被发现与出土于朝鲜半岛古代新罗国的庆州天马冢①和金冠冢的金冠的纹饰具有继承与延续关系。"藤木古坟及其时代"展（平成元年）中，朝鲜半岛出土的金冠也有展出，却没有鸟形纹样，可见藤木古坟的镀金铜质冠与蒂亚拉·梯波第六号古墓出土的金冠上纹样的相似度远远超出了庆州金冠。

和藤木古坟金冠同时出土的剑菱形银制品、剑菱形镀金铜制品上的剑菱形图案，与出土于阿尔泰山第五巴泽雷克冢墓毛毡贴花上的圣树花蕾也非常相似。

出土于蒙古国首都乌兰巴托以北的诺颜山第二十号匈奴古墓的山岳双禽树木文锦上，同样发现了圣树与鸟相互搭配的

---

① 庆州天马冢：庆州位于韩国，曾是新罗王朝的首都，也是韩国古代文明的摇篮，有"无围墙的博物馆"之美称。天马冢发掘于1970年，由于出土的马鞍垫子上绘有天马，所以被称为天马冢。

图案——灵芝状云纹与山岳交相辉映,山间绘有抽象化的树木,而凤凰栖息在山巅。灵芝云纹和凤凰同时出现在树木间,已不仅仅是对风景简单的描绘,更是为圣树配置的高阶附属。

起步于大陆的文化,其传播路线有两条,即中国—遣唐使—日本和新罗—新罗朝贡使—日本。结合对新罗金冠饰物的研究成果,分析两条路线的情况可以推断,最为接近日本生命树的思想应该是经由新罗—新罗朝贡使—日本这条路线流入的。当然,也不可忽略当时存在的另外一条路线,即渤海—渤海朝贡使—日本。

公元12世纪末至13世纪初,渤海国覆灭以后,于萨其城女真文化遗址①也曾出土过寓意着生命之树信仰的树状金属饰品,高约5厘米,有6根树枝,4只鸟儿在树枝上栖息。此外还出土过刻有中国生命之树"扶桑"及人物立像等内容的八棱镜。

树状金属饰品中,树木与鸟搭配的内涵,就是《阿维斯塔》和蒂亚拉·梯波金冠所代表的思想。

八棱镜上所雕刻的人物是西王母和东王父。生命之树、西王母、东王父这些于亚欧大陆广泛流传的、寓意长生不老的形象,都凝结在这面镜中。尽管雕刻的纹路有所不同,但以生命

---

① 萨其城女真文化遗址:位于吉林省延边朝鲜族自治州珲春市,为渤海时期山城,又称沙齐城,是唐代遗址。

之树为中心，搭配寓意长生不老、复活丰收等意象的模式，与艾尔米塔什博物馆收藏的波斯银盘大体是一致的。

生命之树信仰的广泛流传是显而易见的。这一思想信仰渗透在藤木古坟的随葬品中，渗透在正仓院院藏文物之中，也渗透在粟特人琐罗亚斯德教圣典《阿维斯塔》之中。东方神话展现出的惊人生命力，超越了时空，流传至今。

日本列岛的思想基石

贯穿了天空与大地的巨树，让我们领略到丝绸之路至东亚各角落、各民族对于宇宙树或是生命之树抱有的巨木信仰。这种生命树信仰很早就传入日本，并成为日本列岛的基础信仰之一。家持那首关于小楠的赞歌自然也是这一信仰闭环中的一部分。

一如折口站在能登半岛的红楠下遥想彼岸故国般，越中涉谷的家持咏唱着诗歌，入眼处，连接着遥远国度的海面宽广而辽远。

这两位伟大诗人，都曾在苍茫的日本海边驻足，于那高大的红楠树下遥思彼岸故国。而与之相隔1300年后的你我，借由这一脉跨越了千年的思想，庆幸今日也能在同一声灵魂的呐喊中醒来。

I 来自远方的丝绸之路

06

桃花映红花下女

两位桃花树下的美人

天平胜宝二年（750）三月一日，日暮时分，大伴家持曾以『春の苑の桃李の花を眺めて』（《望春苑桃李之花有感》）为题，写下一首和歌（以下简称"桃花歌"）：

春の苑紅にほふ桃の花　下照る道に出で立つ少女

（卷19·4139）

（春苑桃花红映道，亭亭玉女立花中。）

此歌如画，宛若一幅来自异国的画卷。斋藤茂吉在他的名作《万叶秀歌》①中首次点出了这首和歌的内蕴，评论说道：

> 春意浓浓之时，园中桃花盛开。其间有一少女，亭亭玉立于花下。这首和歌韵味十足，不仅描述了传自大陆的桃花，自身更带有一番中国古诗的意境，正因如此，此歌所绘春景甚美、春意甚浓，堪称是一首深受中国美术作品影响与熏陶，深得中国文学精髓的作品。曹植也曾有"南国有佳人，容华若桃李"②的类似佳句。

关于中国美术的影响，茂吉并未就他联想到的那些作品展开陈述，或许是昭和四年（1929）十月至十一月间旅行中国途中所见到过的树下美人肖像，抑或是收藏于正仓院的《鸟毛立女屏风》。

关于《鸟毛立女屏风》与中国唐朝文化的对比乃至与波斯、罗马文化的对比研究，早在明治末年，业已现于笔端。昭和四年十一月，由奈良飞鸟园发行的《东洋美术（特辑）：正仓院研究》刊登了春山武松的《树下美人论》，这篇文章着眼于中国、印度、中亚各国展开相应论述。茂吉执笔《万叶秀歌》的时间是昭和十三年（1938），正是全球视角研究"树下美人"

---

① 《万叶秀歌》：斋藤茂吉将选自《万叶集》中的精品和歌汇编而成。
② 参见"文学中的树下美人"一节。

Ⅰ 来自远方的丝绸之路　　067

的《鸟毛立女屏风》之说最盛行的时期。

家持的桃花歌,必然受到传自丝绸之路那一端的"树下美人"概念的影响,成为这一观点广泛受到认可的证据。杰出的万叶研究者中西进在为大众读者所写的《万叶之秀歌》中也对此有所表述。书中认为,"迷蒙的幻觉中,一位天平时期的丰润女子出现在这位深受中国古典文化熏陶的国守眼前,从而成就了这一首华丽的和歌"。联想到中国古典文化中幻梦一事并不罕见,甚至可以称作树下美人图与中国古诗词解不开的情缘。

桃花树下的少女,从波斯出发,沿丝绸之路经中国不远万里来到日本。家持必然是知晓树下美人图之景,从而浮想联翩,再作佳句的。歌中女性姿容端丽,联想成天平时期的女子再适合不过。时值春末,桃花盛开,而女性与桃花这两个意象的天然组合,则是自《诗经》以来中国古诗词的一贯传统。

中西进断言家持知晓"树下美人图"在前,创作桃花歌于后。

收藏于正仓院的树下美人屏风裱底的废旧纸间有这样的记载,"天平胜宝四年六月二十六日云云"。这在时间层面称得上是一个佐证,屏风上的画作成于天平胜宝四年(752)六月,或者说是修复于这一时期,而家持的桃花歌创作于天平胜宝二年(750)三月一日,比屏风制成时间早两年。

桃花树下亭亭玉立的两位美人,分别栖于《鸟毛立女屏风》和家持的桃花歌中,一诗一画,形式虽不尽相同,但都可以令人从中探寻到"树下美人"这一概念在当时的贵族社会甚为流行、蔚然成风的讯息。

从家持就任越中一事也可以判断，京城风尚于这蛮荒之地多有残留。

西域寻觅树下美人

我也曾前往北京琉璃厂，期望能探寻到唐代树下美人的香踪，但那里贩卖的复刻版唐代仕女图并不能令人满意。我只能沿着丝绸之路，踏上西进寻觅之旅，第一个目的地便是吐鲁番盆地的阿斯塔纳。据说阿斯塔纳古墓，曾出土有树下美人的画作。

吐鲁番郊外的火焰山，夕阳映照下熊熊欲燃，至今还是《西游记》中描绘的模样。途中经过高昌国旧址，三藏法师就是在这里被奉为上宾。旧址以北便是阿斯塔纳古墓群，错落分布着约500座古墓，3世纪至8世纪的高昌国贵族们长眠于此。

通往主墓室的小径由地上一路倾斜至地下，我在昏暗中伴着阵阵寒气一路向前，到达墓室时四周只有手电筒的微弱光线了，光线下浮现的却是干尸的脸。女人们受到惊吓，不期然尖叫起来。借由昏暗中这仅有的一线光亮，我们得以窥探到一对干尸夫妇的全貌，他们身上还穿戴着下葬时的服装，就这样长眠了 1200 余年。据说，"阿斯塔纳"维吾尔语的意思是"休息的地方"。逝者枕边的墙壁上，挂着绘有鸟、人物等图案的画作。我按捺着急切的心情，仔细端详后却并没有发现期待中的"树下美人图"。

导游告诉我，阿斯塔纳古墓群出土的文物现今大多收藏于新疆维吾尔自治区博物馆，并在那里展出。博物馆坐落在乌鲁木齐，离此地向西还有相当一段距离，或许我要找寻的"树下美人图"会在那里。

我当即决定转向乌鲁木齐，那里有很多戴着维吾尔族小圆帽、紫髯碧眼的人，虽说仍然在中国境内，却让人产生了一种来到伊斯兰国家的错觉。

遗憾的是，我在乌鲁木齐也没能寻觅到树下美人。恰逢博物馆整修，谢绝参观。远道而来的我们并没有当即放弃，经过多番诚恳请求，最终得以入馆一观。可展品却大多已被打包整理，堆积如山，整个馆内略显空荡。

天涯咫尺，欲见美人，难啊！带着一丝切身的感悟，我只能遗憾地回国了。

然而，失之东隅，得之桑榆，再见阿斯塔纳美人颇为意外，几乎是触手可及。东京国立博物馆、热海 MOA 美术馆竟然都有收藏。

日本馆藏的阿斯塔纳美人图中，有大正二年（1913）大谷队①带来的树下美人图（纸画）及胡服美人图（绢画）；也有1915年斯坦因发掘的树下美人图，图上描绘了一位椰子树下亭亭玉立的美人；另有1934年由斯文·赫定②带来的美人图（纸画），1972年收藏的六扇舞乐屏风。这其中，胡服美人图是舞乐屏风的一部分。以上画作并不属一类，虽都是发掘自墓葬的画作，但与正仓院所藏的"鸟毛立女屏风"中女性形象最为接近的，是赫定带来的那幅。据说，新疆维吾尔自治区博物馆藏的树下美人绢画，是730年以后的唐代作品。

无论是舞乐屏风（包括胡服美人图）上的歌伎与舞伎，还是椰子树下的美人，额头中央都被点上殷红的一点，这种名为"花钿"的妆容在古时长安十分盛行，古籍有载，"此乃拟梅之花落于面上之情状是也"。家持所作和歌中的"树下美人"，亦有桃花敷面。出土于敦煌莫高窟第一百三十窟（或第一百二十窟）的那幅描绘盛唐时期风貌的壁画《都督夫人拜佛图》中的女性形象也大多配以花钿妆面。着锦衣红裙、戴簪花钗钿的大髻宝衣美女身材丰满，与鸟毛立女如出一辙。

敦煌壁画及斯文·赫定所带来的画中并没有直接描绘树木，但大谷队和斯坦因所带来的画作则是实实在在的树下美人

---

① 大谷队：日本大谷光瑞三次派遣的中亚探险队。大谷光瑞是京都西本愿寺第二十一代宗主大谷光尊的长子，1900年被派往欧洲考察宗教，见到斯文·赫定等人中亚探险的成果，决定利用回途往中亚探险。
② 斯文·赫定：瑞典人，世界著名探险家。

图。大谷队带来的画，如今收藏于热海 MOA 美术馆，与此相应的树下肖像图则藏于东京国立博物馆。

我终于得偿所愿地一睹树下美人风采。

树下美人来时的足迹

1972 年出土的六扇舞乐屏风，观其衬里得知，大约制成于 730 年。而正仓院所藏"鸟毛立女屏风"也是六扇，大抵制成于天平胜宝二年（750）。考虑到逝者身边摆设树下美人图屏风是中国 8 世纪前后的风尚，推论是这一风尚早时传入日本，进而催生了正仓院藏树下美人屏风的制成。

森丰也曾提出过一个论点，出土于阿斯塔纳古墓的画作《桃树下妇人游乐图》（绢画）只余残片。虽说只余残片，整体画风不得而知，但终究是可以看出此画中有六七位妇人，体态颇丰，面上饰以花钿靥钿。左边的女性身旁一树桃花，正是春光明媚、夭夭盛开的模样。据说这是一幅武则天时期的作品，也属树下美人图，与正仓院所藏阮咸[①]之拨子、敦煌壁画互有关联，皆为同一时期的随葬品。

桃花树下美人的画面，令人不禁联想到家持的和歌。如若《桃树下妇人游乐图》完整地留存下来，应该便是与家持和歌

[①] 阮咸：中国古代唐朝弦乐器，琵琶的一种。

中描绘的意境最为相像的画作了吧，又或者，是所谓舞乐屏风应该有的样子吧。

我所寻觅的唐代树下美人图，是唐代美术作品对日本文化的影响最为直接的佐证之一，但数量却着实甚少。位于西安郊外的章怀太子墓中名为《观鸟捕蝉图》的壁画，正是其中为数不多的珍品。余下的画作或许仍静静地沉睡于古墓，或许已经流失海外，甚至有可能于战乱中毁损遗失。《丝绸之路》一书中林良一曾经提及：纽约收藏家弗里茨·罗比亚所藏"银平脱树下美人图"，画风酷似正仓院所藏屏风。

坐落在西安与阿斯塔纳之间的敦煌古城，最有名的树下美人图非第十七窟中的画像莫属。久经岁月磨砺的菩提树树干虬结，枝叶如藤蔓般延展向下，叶片则为心形。随着敦煌文书现世，第十七窟像驰名海外。

出土于西安城内的"银制仕女纹八花形杯"，制于712—781年间，属盛唐时期佳品。杯上丰润的女性手持团扇、站在树下，身后两位侍女随行侍奉。

从空间层面来看，树下美人图的传播由西域至长安，范围甚广。而从时间层面分析，树下美人图早在4世纪已香踪初现，直到6世纪仍然有迹可循，出土于北魏中期国都平城（现山西大同）的加彩浮雕人物纹砖便是其中之一。

苍翠的树木是绿洲的象征。砖上描绘的树木之景，既寄托了人们对丰收的祈愿，又表达了对死后安宁的向往。丝绸之路沿途多大漠荒凉之地，自然孕育出如此寄托与向往。唐代的树下美人图便是因此一路东行至远方。

波斯萨珊王朝时期的树下美人图中，常见水之女神阿纳希塔与树木的组合。这似乎是树下美人图的起源。同样的图案还出现在"阿纳斯塔鸟兽果实纹八曲长杯""阿纳斯塔银制水瓶（带把手）""阿纳斯塔与圣鸟的银盘""阿纳斯塔水瓶（带把手）""阿纳斯塔银制水罐"等物品上。

波斯萨珊王朝树下美人图起源的代表形象是女神阿纳希塔，而印度树下美人图起源的代表形象则是夜叉女神。古印度民间传说中的夜叉是精灵，多栖于树间，彰显了树木的生命力与女性生育能力，同时具有多子安产、五谷丰登的力量，因而被人们奉为保佑多子丰收的女神。雕刻作品中的夜叉女神姿态多性感，亦来源于此。

公元前1世纪的桑吉佛教遗迹[①]中也有类似夜叉女神的痕迹。雕刻于第一塔东门柱子上的夜叉女神，正立于杧果树下，姿态妖娆性感。类似的雕像还有出土于卡杰拉霍[②]的《正在化妆的女人》《持镜夜叉像》等。1世纪至2世纪的作品《象征

[①] 桑吉佛教遗迹：坐落在印度的桑吉村，地处荒远乡野，以"佛塔之城"而世界闻名。在12世纪前这里一直是印度佛教的教理中心，目前它是现存的最古老的佛教圣地，1989年被联合国教科文组织列入《世界遗产名录》。

[②] 卡杰拉霍：卡杰拉霍遗址群位于印度中央邦北部的本德尔坎德，被联合国教科文组织认定为世界文化遗产。

印度贵妇人的象牙板》虽与夜叉女神无关，但也有树下姿态妖娆的美人形象存在。

美人立于树下，这种构图观念由西亚传至中亚，再经中亚传至中国。树下美人沿着丝绸之路翩翩而行，东渡到日本，栖身于正仓院的屏风中，旖旎在家持的和歌里。树下美人行迹的终点便是越中国。

丰收多子的象征

那么，树下美人所蕴含的概念是什么呢？

分析历史悠久的夜叉女神形象，正如对其丰满乳房与臀部的极端刻画的笔法一样，夜叉女神正是古印度民间信仰中丰收多子的象征。阿纳希塔女神形象则又与古代东方大地母神系谱一脉相承，拥有掌控水的力量，而水源历来与生命力、丰收息息相关。另外，发掘自中国古代墓葬中的树下美人图，除却丰收多子之意，还应该被赋予了不死不灭、复活重生的意义。

如前文所述，美人身旁的树木与生命之树思想颇具关联性。树木是生命诞生、成长、繁荣的象征，常出现在画作中的树木既有上升为一种信仰的菩提树，也有常年苍翠、高大繁茂、生气十足的桫椤树，还有被称为圣树的葡萄树，当然也有如家持和歌中所作，象征不老不死、长命百岁的桃树。

阿斯塔纳出土的树下美人图，美人立于枣椰树下，这种树木多生长于沙漠绿洲，既可以为人们遮阳防暑，提供水分、食材，又可以作为建筑材料，堪称大漠中关乎人类生存问题的重要树种。除枣椰树外，诸如无花果树这类汁液浓厚的树木还能令人联想到母亲充沛的乳汁，甚至可以借由这些颇具母性的树木追溯到大地母神信仰与生命崇拜观的诞生。夜叉女神、美索不达米亚的伊西塔女神、阿纳希塔女神以及中国的西王母形象，都是大地母神的化身。

据六朝时期的《汉武故事》所述：道教神祇西王母居住的天宫中有一方桃园，若是吃了园中的桃子就可以长生不老。后文也会涉及美人立于桃树下的例子，家持和歌也大体如此。那么，何以选择桃树为象征呢？

人类学理论认为，桃花本身与女性间含有某种隐喻的关联。《诗经·桃夭》篇便叙述了这种桃花与女性的联系。

> 桃之夭夭，灼灼其华。
>
> 之子于归，宜其室家。
>
> 桃之夭夭，有蕡其实。
>
> 之子于归，宜其家室。
>
> 桃之夭夭，其叶蓁蓁。
>
> 之子于归，宜其家人。

借桃花浓郁的香气与娇艳的情态，来比喻少女的花容月貌。借成熟的桃子来比喻发育完成后丰满的少女。进一步延展这种关联，除了以桃花之美比喻女性之美外，桃核形似女性生殖器官，则也可以被看作是一种象征。充满生命力的年少女子令人联想到长生不老，而桃子恰恰又迎合了传说中长生不老的仙果。《列仙传》中有载，一位叫师门的仙人因以桃李花瓣为食，得以样貌不改、长生不死。

既然桃子是长生不老的仙果，那么仙果之园自然也就成了乌托邦。六朝时期诗人陶渊明在《桃花源记》中勾勒的理想国，便隐匿在桃林之中。这种古典思想经中国传入日本，折口信夫曾有一观点：桃，具有神秘的力量。因此也就有了伊邪纳岐大神自黄泉之国逃回时，出于辟邪考虑投掷桃子一说。

正因为桃与维系生命、长生不老、丰收多子等愿景有着极为密切的联系，树下美人图中，桃树得以作为一种象征存在。

月亮上也有不死不灭的神圣之树。制成于 7 世纪末 8 世纪初唐王朝时期的青铜镜背后雕刻有这样的景象：生长在月中央的一棵高大的圣树，嫦娥娉婷立于其下，身旁依偎着那只捣制不死神药的玉兔。制成于 12 世纪末 13 世纪初，发掘自赛加古城的一只八棱镜上也有类似的刻画，同样被认为是对月亮上圣树的描绘。

树木与女性的组合刻画，并不仅仅是一种单纯的风景描绘，更是对其象征意义的关联体现。这种象征意义具体说来便是丰收、多子、繁荣、复生等。

文学中的树下美人

针对家持的和歌：

春の苑紅にほふ桃の花　下照る道に出で立つ少女

（卷19·4139）

（春苑桃花红映道，亭亭玉女立花中。）

斋藤茂吉认为歌中的意境既然与中国美术作品和中国古典思想息息相关，自然不能忽视了文学层面的密切关系，并以曹植所创"南国有佳人，容华若桃李"一句为例予以解析。斋藤力求在中国古诗中找寻类似家持和歌中存在的思想内涵，其研究方向确实是划时代的，但以曹植此一句诗句为例，却有待商榷。从比喻手法上分析，曹植此句确实是以桃李之花指代美人，可内涵层面上，曹植抒发的是对美人韶华易逝、娇艳随岁月落败的咏叹，而并非喻指树下美人。

对此，笔者认为与东汉诗人宋子侯所作《董娇娆》进行对比更为贴切：

> 洛阳城东路，桃李生路旁。
> 花花自相对，叶叶自相当。
> 春风东北起，花叶正低昂。
> 不知谁家子，提笼行采桑。
> 纤手折其枝，花落何飘飏。

料峭春风中，花叶时而舒展扬起，时而低垂落下。一名女子站在街旁的桃李树下，纤纤玉手轻折花枝，任由那花瓣随风飘散。花美人美景美，与家持的和歌何其相似。

该诗收录在《玉台新咏》中，而有据可证家持曾读过《玉台新咏》一书，极有可能是受到了宋子侯诗作的影响。

另外，以名句"年年岁岁花相似，岁岁年年人不同"闻名遐迩的《代悲白头翁》（初唐刘希夷作）想必也曾受到《董娇娆》的影响：

> 洛阳城东桃李花，飞来飞去落谁家？
> 洛阳女儿惜颜色，坐见落花长叹息。
> 今年花落颜色改，明年花开复谁在？

女子立于桃李树下，望着纷纷扬扬凋谢飘落的花瓣，暗自叹息。这种肖像概念多见于六朝诗歌之中。

南陈诗人江总《梅花落》即是其中佳作之一。"桃李佳人欲相照"一句与家持所作的"花与少女相映红" 严丝合缝，遥相呼应。《梅花落》也有描绘符合惊鸟纹样①的名句"梅花密处藏娇莺"，姑且可以认定，家持和歌的原典也出于此。

担任越中国守的家持，除却树下美人歌以外，另有一首佳作作于天平胜宝七年（755）二月十七日：

館の門に在りて江南の美女を見て作れる歌一首
見渡せば向つ尾峰の上の花にほひ　照りて立てるは愛しき誰が妻（卷20・4397）
（于馆门内望江南美人有感赋歌一首：眺望波峰花层染，花下美人是谁妻。）

实际上，家持是在浪速的居所中遥望美人，以《江南美人》为题作歌一首，描绘此一番美人娇花相映红的景象。这场面不禁令人想起中国古诗，如：

南国有佳人，容华若桃李。（曹植《杂诗》五首，见《玉台新咏·卷二》）

江南二月春，东风转绿苹。不知谁家子，看花桃李津。
（江淹《咏美人春游诗》，见《玉台新咏·卷五》

---

① 惊鸟纹样：花鸟图案的一种，鸟立于花叶枝头展翅欲飞的情景。多用于和服纹样。

特别是江淹这首描绘东风拂过、浮萍染绿，女子在渡口观望桃李之花情景的诗句，只需稍微改变下顺序，即可作成"江南二月春，渡口美人观桃李，不知谁家女"的佳句，简直就是家持和歌的样子。家持虽未点破歌中女子立于何种花树之下，但毫无疑问，家持幻想中的花树应该是桃树，想必他早已将江淹诗中韵味细细品咂、萦绕脑海，才化作自己笔下的和歌。《万叶集》中歌咏桃花的诗歌屈指可数，只有七首。其中三首作者不详，都是借桃树结果与否比喻恋爱成功与否的笔法（卷 7·1356、1358，卷 11·2834）。另有一首则是将少女丰腴的肉体比作成熟饱润的果实，同样是作者不详。余下三首则皆由家持所作，除了树下美人歌以外，另有一首题为《咏杜鹃与紫藤花之歌》的长歌，借桃花之美比喻年轻貌美的少女：

桃の花　紅色に　匂ひたる　面輪のうちに　青柳の
細き眉根を　咲み曲がり　朝影見つつ　少女らが
（略）（卷 19·4192）
（面如桃花色润红，青柳细眉喜弯枝，朝霞拂面画倩影，少女持镜照花颜。）

以曹植"南国有佳人，容华若桃李"为首，借桃李之花比喻人物美貌，由此衍生出容华、华颜、华色、春华等多种喻体。

在这一中国诗的系谱上,也有家持的一席之地。

仔细研读《于越中》《难波咏树下美人》这两首和歌可知,自中国大陆传来的树下美人图,已深深植根于家持的心中。

07

寺院深井上绽放的坚香子[①]之花

寺院深井上的坚香子

雪国的冬天很长。雪中，人们仿佛进入冬眠一般，期盼着春天的到来。自都城贵公子成功转型为越中长官的大伴家持，则更加渴望春天的早日到来，迎春复苏的植物无时无刻不牵动着他的心。其笔下的树下美人、生命之树，无不表达着他那颗满怀期待的盼春之心。那首关于坚香子的和歌，更是饱含着家持对万物迎春复苏的热切期盼。

[①] 坚香子：百合科的常年草，春天开花，六花瓣。

堅香子草の花を攀じ折れる歌一首

物部の八十少女らが汲みまがふ／寺井のうえの堅香
子の花（卷19・4143）

（攀折堅香子花一首：物部少女齐争艳，寺井边上堅
香子。）

坚香子，一种神奇的花木，春天里绽放紫红色的花瓣，每
每到了五月却又在阳光的沐浴下悄悄地消失，花瓣飘落，叶茎
枯萎，可是到了第二年春天又会重新焕发生机、发芽开花。像
极了消逝的美少女，又会在下一个春天再次醒来，神秘地重复
着死亡与复活。花木在严寒的冬季里窝回到大地母亲的子宫，
伴随着下一个春天的到来迎接崭新的生命。从古至今，放眼世
界，无论哪一个民族，但凡有圣树信仰者，都不缺少对此种神
秘生命力的崇拜。少女般楚楚可怜的坚香子，就被看作是具备
这力量的植物之一。

森淳司曾指出，除了这首诗之外，「物部の八十」（物
部之八十）一词于《万叶集》中共出现17例，大都出自效
力朝廷的文武百官之手，故而森氏推断出现在家持诗中的少
女，并非出身贫寒的地方女子，而是想象中有淑雅风范的都
城女子。

那么，水井边到底有没有这样的女子存在呢？森氏认为，

于水井边生活的很有可能是小地方的贫家女子，但自从目睹了那一簇簇盛开的坚香子后，笔者更认定家持歌中描写的应该是想象中有淑雅风范的都城女子。

虽说「籠」（笼）的读音是「コ」，但不能简单地将「カタカゴ」(坚香子)的词源理解为「肩籠」（肩上背着笼子），即斜向绽放、簇簇群生的坚香子花宛若一个个斜背着笼子的少女。这些少女该是想象出来的，仿佛是春天花园中桃树下的青春少女一般。

迎合对桃树下妙龄少女的想象，家持相应地选择了寺院里的井。生命之树落地生根处必有生命之源。水是万物之源，是所有生物不可或缺的生命源泉。

一如人们虔诚地信奉生命水源由女神掌管一般，各地的人们皆将水视为神圣之物。多数西方宗教都曾沿着丝绸之路一路东传至唐朝，家持歌中关于花朵于寺院井旁、圣水之畔复苏绽放的神圣意象，定然撇不开西方宗教思想的影响。

生长棣棠花的山泉处

十市皇女离世时，高市皇子曾写下一首被后世认为与生命之水息息相关的和歌。

十市皇女の薨りましし時に、高市皇子尊の作りませる御歌三首

山振の立ち儀ひたる山清水　酌みに行かめど道の知らなく（卷2・158）

（十市皇女薨时，高市皇子尊御作歌三首：棣棠遍野清泉滴，欲汲清泉不知路。）

这首诗很难读懂，曾有人试图解释为"皇女的住所旁的山上盛开着棣棠花，也有山泉水。去那里就会与皇女相遇，但无奈山中荒芜，不知去路"。也曾有过这样的解释："想去寻找棣棠盛开、泉水涌现的坟墓，却不知道该怎么走。"

比较文化学研究者土居光知不认为过往的解释是合理的，并就此给出自己的解释。他认为都城里不可能有山泉水，而且皇女也不会离世后两三天就变得不认识荒芜的山路了。他同时指出，题词中「薨りましし時」（薨时）一词较为特殊，因为卷二挽歌中对于"薨时""宾天之时""驾崩后""死之后"等词汇的区分相当明确，此处"薨时"多半意指坟墓尚未建好，而坟墓的选址一般都会选取干燥的丘陵，不会选择随时涌现泉水的山谷。

受到这种解释的影响，江户时期注释书《万叶集童蒙抄》[①]

[①]《万叶集童蒙抄》：作者荷田春满（1669—1736），江户中期的国学家。

中有载,由形容棣棠花的"黄"和代表清水的"泉"组合而成的"黄泉"一说,算得上是具有划时代意义的解释,其后衍生出多种解释也大都与此相关。

综合前述各种说法后,泽泻久孝也曾表示支持"黄泉说",并对"亡故之人认为会有人去山路上与他们相逢,所以想去山路却又不知该去向哪里的山路"这样的解释表示赞同。

稻冈耕二也赞同"想象着已故之人在棣棠盛开的山中迷了路,将'去那'写成是去采集山泉水"的说法,同时表示作者很有可能知道并参考了记录于《文选》中的《挽歌》"朝发高堂上,暮宿黄泉下"(缪熙伯)一句。

当真如此,那皇女迷路的地方一定是在开满棣棠花的山泉处吗?关于这一点,稻冈并未提及。

斋藤茂吉则表示自己对黄泉说并不是完全赞同,认为作者只是将"开满棣棠的山泉处"作为一个浮现在脑海中的画面,又为了尽量不使其具象化,而只从字面上做出的解释,并且特意两次强调"感情表达上倒是没有什么不自然"。但这样的强调反而让人觉得其内心深处是赞成"黄泉说"的。

泽泻的说法与斋藤较为相近,只是在说法上用"意象"代替了"幻想",棣棠是在每年三月晚春时节盛开的花木,较之于皇女亡故的四月有一定的时间差,所以说是"幻想中的世界"。

笔者虽然也想赞同包括"黄泉说"在内的各种观点,但这些说法在彼此解释的过程中确实又产生了矛盾。借"无名山路"换掉棣棠、山泉水的话，无异于忽视了作者的创作本意。因为作者于歌中强调的"不知路"的"路"就是去往棣棠盛开山泉处的路。

笔者非常赞同土居先生的解释，认为"棣棠花"的寓意是"传说中生长于生命之河彼岸的生命之花"。

在西亚，十六瓣的雏菊、菊花、艾草、莲花等植物，象征着太阳，被人们视为复活之花。但在《万叶集》时代，日本尚不知道菊花的存在，若将这些象征复活的金黄色菊科的花与彼时日本既有的花草视为一体的话，喻体怕就不是棣棠了，棣棠只是承载着想象中象征复活之花的载体。土居先生做出"为了让姐姐可以复活，让拥有复活能力的生命之花绽放，皇子本欲前往采集山泉水，却又不知前往何处，徒然独自叹息"的解释，是非常合理的。

中西进先生也采纳了土居先生的观点，认为"山泉水"就是"传说中拥有复活之力的生命之水"，皇子"想让姐姐复活，却不知前往何处采集"。

土居先生甚至将文化传入的路径也充分考虑了进去，认为"这思想应该是受了西域文化的影响，借由织品上的图案先行传入宫中的，比之中国诗文的影响或许时间更早"。

笔者认为土居先生的推测是正确的。收藏于正仓院的碧池金银绘箱的盖子上用金银绘出的花纹，其正中一对咋鸟就立于金黄色的、十六瓣的菊花上。另外，唐制琵琶锦袋背面相连处有残缺的地方，其中央也织就着一朵硕大的类似十六瓣的菊花的纹样。同样收藏于正仓院的平螺钿背圆镜，花纹纽扣的周围镶嵌着六朵琥珀做的花饰，同样也是十六瓣的样式。

出自爱琴海南部克里特岛上的米诺斯文明（前2000—前1500）的克诺索斯宫殿里的西洋跳棋盘，周边刻着十六瓣花的纹样；埃及图特摩丝三世给土奇将军的金盏（前16世纪—前15世纪），底部中间雕刻有菊花纹样；出自叙利亚地中海沿岸乌伽里托的金钵（前1400—前1300），底部雕刻有十六瓣菊花的花纹。围绕其外的另一圈花纹中，圣树石榴树中间，刻有狮子、山羊以及石榴果实等纹样，所有这一切都表明，十六瓣的金黄色之花，就是象征复活的生命之花。

土居先生曾强调说，高市皇子歌中棣棠花就是"象征复活的菊科金黄色之花"，笔者赞同这一说法。其实，笔者看来，更具吸引力的是孕育这金黄色生命之花的泉水或河水，也就是土居先生笔下的"生命之河"，中西先生笔下的"生命复活之泉"。

长在"礁矶"上的马醉木[①]

当大津皇子去世被埋葬于二上山时,其同母姐姐、大伯皇女感伤皇弟之死,泣血作歌:

磯の上に生ふるあしびを手折らめど／見すべき君がありといはなくに(卷2・166)

(礁矶边上马醉木,欲折不见君观之。)

马醉木,常绿树,多生长于干燥山地。若歌中「磯」(矶)指海边或者河边的话,难免有些奇怪。也曾有说法认为此处的「磯」(矶)意指岩石周围,但仍然避免不了新的疑问产生,为什么献与亡者的马醉木,不是随处可见的马醉木,而非要"生长于礁矶之上"的马醉木不可呢?泽泻久孝集中调查了「磯」(矶)字后认为,此处的「磯」(矶)不同于一般岩石,特指水边的石头。遗憾的是泽泻先生依旧没有就为什么一定是水边的石头做进一步考究。

类比人之死—花—水边—复活的模式,不约而同地出现在高市皇子和大伯皇女的和歌之中。

[①] 马醉木(学名:Pieris japonica(Thunb.)D. Don ex G. Don),杜鹃花科,属常绿灌木或小乔木。

山振の立ち儀ひたる山清水　酌みに行かめど道の知らなく

（棣棠遍野清泉滴，欲汲清泉不知路。）

磯の上に生ふるあしびを手折らめど／見すべき君がありといはなくに

（礁矶边上马醉木，欲折不见君观之。）

　　两首歌的表现形式也大抵相同。大伯皇女并没有实际去采摘马醉木，当然是不知道生长于生命之水彼岸的马醉木到底在哪里，当然，即便是真的摘到，弟弟已经不在人世了。歌中可以窥见生命之水思想的存在。

　　以此视角进一步探究可知，这首歌是直接触及人之死这一话题的，不过每当此时，"水"自然而然地会成为关注焦点。类似体现这种"花—水—复活"模式的和歌还有好几首。

　　堅香草子の花を攀じ折れる歌一首
　　物部の八十少女らが汲みまがふ　寺井の上の堅香子の花（卷19·4143）

　　（攀折坚香子花一首：物部少女齐争艳，寺井边上坚香子。）

　　前文中曾有提及此一首和歌。笔者认为，少女并非实际存在，而是家持看到坚香子花团锦簇的样子，联想到都城的女子。歌中有意选用寺中之井搭配想象中的少女。或许现实中，寺内井边确实有绽放的坚香子花簇，但笔者仍然认为不能轻易忽视复活之花与生命之水的关系。

> 渋峪の埼を過ぎて巖の上の樹を見たる歌一首
> 磯の上の都万麻を見れば根を延へて　年深からし神さびにけり（卷19・4159）
> （过涩峪崎见岩上树一首：石上小楠盘根深，古穆庄严岁月长。）

前文生命之树章节中曾有过详细解读，这也是一首家持在越中时代创作的和歌。「都万麻」指圣树，此处家持依然选择了「磯の上」，即"礁矶"作为圣树的生长之所。大伯皇女笔下"礁矶边上马醉木"，家持咏唱"礁岩边上楠木根"，此一类寓意复活重生的植物，都生长于水边。

> 天飛ぶや軽①の社の斎槻②　幾世まであらむ隠妻そも（卷19・2656）
> （飞天轻社之斋规，万世悄声似隐妻。）

---

① 軽：地名，指今奈良县橿原市大轻町到石川町一带。
② 斋槻：即榉。木樨科白蜡树属，落叶小乔木。叶为奇数羽状复叶，卵形。果实呈椭圆形。木质刚劲有弹性。俗称为樊槻、秦皮。

「斋槻」亦是圣树，虽存在于轻社，但轻社与轻池相隔不远。

另有和歌如下：

軽の池の浦廻行き廻る鴨すらに　玉藻の上にひとり宿なくに（卷3・390）

（轻池岸边戏水鸭，不在水藻旁独眠）

如此一来，斋规也算是生长于水边了。

《播磨国风土记》中被唤作"速鸟"[①]的快船，由巨大的楠木制作而成。

明石の駅。駒手の御井は、難波の高津宮天皇御世、楠木、井戸の上に生ひたりき

（明石之驿。驹手之御井，难波之高津宫天皇年间，有楠木生于井户。）

飞一般快速行进的大船，其原动力是隐藏于楠木中的灵力，而楠木多是生长于井旁，傍水而生的大树。

难波高津宫天皇就是仁德天皇，如此，此番"速鸟"的故事与《仁德记》中"枯野"[②]快船的故事想必有所关联。"枯野"的原材料是生长于和泉国的巨树，虽说并非生长于水边，只因

---

① 速鸟：日语为「速鳥」，日本传说中的船名。用楠木做成。
② 枯野：日语原文「枯野」，日本传说中的船名。

它汲取的是供天皇饮用的圣水——淡路岛的清水，故而作为淡路岛清水的"水源"被运抵都城，也算得上与水有关。据说，将不再使用的"枯野"置于海边燃烧，燃烧后的废材用于造琴，琴声可传四方。这是因为巨树的灵力通过与清水、海水的再次接触得到了更大的发挥。

复活之水和生命之树

关于生命之树，笔者在前文中也曾多次论述，但涉及生命之水的话题时，不得不再次提及生长于水边的植物。正是因为汲取到生命之水，树木方才得以成为圣树或者说是生命之树，保存可以复活的能量。因为水于生物而言是不可欠缺的。

女性立于树下的树下美人图广泛分布于丝绸之路沿途各处，就是因为那些地方大多属于寸草不生的沙漠地带。沙漠中，水就是生命的种子，树木是绿洲的象征，昭示着水的存在。支撑沙漠生活的水流经的路径，也要借树木之力维系。防堤上种植的多是些抗旱树种，有杨树、沙枣、柳树、柽柳等。树木生长，其枝条交错可遮防强风，根系蔓延可加固防堤。通过吸收生命水源，生命之树得以生存，同时，生命之树作为水源保护者，确保生命之水的留存。

前文中曾有提及，公元前9世纪新亚西利亚尼姆罗德王宫浮雕中亚述那西尔帕二世礼拜时朝向的那棵圣树，搭配的是活水流淌的水渠。收藏于艾尔米塔什博物馆的萨珊王朝镀金银器皿上，有树木生长在鱼儿游弋的水中的纹样，围着树木的还有老虎、鸟类纹样。

笔者有意列举北欧神话中的伊格德拉西尔①于此，作为生命之水与生命之树的信仰根源之一加以解读。

斯堪的纳维亚的《埃达》②成书于10世纪至12世纪，起源却直可追溯到更为久远的古代。《埃达》开篇诗歌《巫女的预言》中，记录了一位巫女的讲述：

> 我知晓世界之树覆盖的九个世界、九个领域。在神灵的庇护下，这些巨树有茁壮的根基。……我知晓那棵名为伊格德拉西尔的岑树，树梢弥漫着雾气，露珠自枝丫滴落至峡谷。这棵永葆绿色的树啊，就生长在那乌达泉的水边。

伊格德拉西尔始自冥界尼弗尔海姆③，生长到人间米德加

---

① 伊格德拉西尔：古斯堪的纳维亚神话中的世界树。
② 《埃达》：冰岛史诗（又称《伊达》或《伊达斯》），是中古时期流传下来的重要的北欧文学经典，也是在古希腊、罗马以外的西方神话源头之一。它的含义现已无从考证。
③ 尼弗尔海姆：北欧神话中的"雾之国"（Mist-home），即尼伯龙根，终年充满浓雾的寒冷。

尔德①，再延伸至天界阿斯加尔德②，是北欧世界的象征。三棵巨大的树木扎根于冥界，虬结在不同的泉眼中。一棵浸没于生命之泉，另一棵延伸至织造命运之网的命运三女神诺恩所在的乌达泉，最后一棵浸于巨人弥米尔③看守的智慧之泉，吸收那里的养分。生命之树正是汲取这三泉之水方才得以永葆生机的。

---

① 米德加尔德：源于北欧，在北欧神话中米德加尔德即中庭，乃人类。
② 阿斯加尔德：在北欧神话中，阿斯加尔德是阿萨神族的地界，亦可称作阿萨神域，所有尊奉奥丁为主神的神明都住在这里。
③ 弥米尔：守护智慧之泉的巨人。

08

丝绸之路上的交流

出土于阿芙拉西亚卜丘陵的壁画之中,画有向粟特王供奉物品的使团,其中两人相貌与粟特一族相异,穿着非土耳其长袍款式的服装,手提环头大刀,戴有羽毛的帽子。一般情况下,凡来自朝鲜半岛的人,帽子上都会饰有鸟类的羽毛,想必这二人或是高句丽人,或是新罗人。

过去的人们普遍认为,7、8世纪时东方与丝绸之路另一端中亚绿洲国家间的交流,更多是受惠于粟特人的到来。而壁画显示在距朝鲜半岛8000公里之外的粟特人的国家竟然出现了朝鲜族人的身影,着实令人震惊。笔者认为,类似的使团交流活动不止一次,虽说往来频率不高,但粟特国与朝鲜半岛国家间的交流事实上是存在的。而日本多半也正是通过高句丽或者新罗分享着粟特文化。

壁画中甚至出现了同时有别于粟特人和朝鲜半岛人的其他的东方面孔。虽说人们更多倾向于接受这面孔来自中国,然而当笔者目睹朝鲜半岛人出现在画中后,坚定地认为站在其旁边的一定是日本人。

借用《旧唐书》中相关记载,曾有一个被唤作"海东盛国"的大国,诞生于东亚一隅,即713年建立的渤海国。这座因粟特人兴盛的商业活动而被开发出来的城市范阳,坐落在联结渤海国都城和长安的要道。

渤海国西侧有一条被唤作"黑貂道"的贸易道路,这里曾发现粟特人的殖民部落。粟特人来到东亚尽头,将皮毛运往西边。渤海国与日本的交流始自神龟四年(727)渤海国使者访日,当时,渤海国使者曾进贡大量毛皮。之后的一段时间,每当渤海国使者访问日本,都会携带大量毛皮过来,"黑貂道"随之向东延伸至奈良都城。

前文曾有提及,粟特人惯于将自己国家的名称作为自己的姓氏。若果真如此,平安时期渤海国使史都蒙等,多半就是史国出身的粟特人或者其后代。作为渤海国使者,都蒙除了带走日本政府赏赐的规定物品外,还装运了大量其他贵重物品西去回国,粟特商人本性可见一斑。

伴随着渤海国使者到访日本,每次都有粟特商人加入其中开展贸易活动。神龟四年左大臣是长屋王，出土于其宅邸遗迹的木简上就写有"渤海交易"的字样。在日本和渤海国的交流来往中，粟特人发挥了相当重要的作用。

现实生活中，日本和中亚城市之间尚没有直航或者定期航班，要去塔什干、撒马尔罕等地需要在俄罗斯莫斯科转机。而在古代，日本与粟特国之间的交流，多是取道长安完成。但是否也存在着通过渤海国直接完成交流的情况，依然值得探究。

如果上述情况存在，则以《万叶集》角度审视来自丝绸之路另一端中亚绿洲都市的影响，该命题就有存在的必要了。

《万叶集》中有关祈雨的"苏莫者"舞乐表演，就是撒马尔罕文化中"苏摩遮"变化后的样子。山上忆良一行人敏锐地观察到这一点。出现在撒马尔罕地区长袍上的咋鸟花纹，亦变身为象征长安官服的一种高级样式，由家持独创、极具特色的万叶词汇「たちくく」（穿过）和「とびくく」（飞翔）也因此而诞生。另外还有一些堪称相互关联的相似点，如吉野川的石榴树枝传说很有可能源自塔什干的石榴树枝舞，奈良朝人曾使用过粟特人摆弄的骰子。生活在酷热地区丝绸之路上的人们对于给予其生命的绿洲、树木、水源抱有无限敬畏，正是有了水源和树木，生物才能生存。树下丰满的女性，象征人类的繁衍昌盛。这种树木信仰、树下美人的思想沿丝绸之路不断东进，几乎于同一时期催生了正仓院的"鸟毛立女屏风"，诞生了越

Ⅰ 来自远方的丝绸之路 099

中国的家持歌。所有这些都表明丝绸之路曾一路东进，甚至延伸到了越中国。

于万叶歌中还能寻找到很多疑似与失落的丝绸之路文化连接的地方，促使世人可以以更为广阔的视角重新解读万叶歌。

长安，作为丝绸之路通向日本的中转站，其意义不言自明，可事实上曾亲自踏足长安的万叶歌人却是凤毛麟角。阿倍老人、丹比县守、多治比广成、藤原清河、山上忆良五人，三野冈麿、大伴胡麿、布势人主三人等，都曾有幸亲临唐朝，这些名字方得以频繁出现在《万叶集》的题词和注释中。

渡唐歌人中最有名气的，依然是山上忆良。下一章节中，笔者将视角聚焦于曾亲临唐都长安的忆良一人身上。此外，还要介绍一位曾与忆良同期渡唐的高僧，虽然并非万叶歌人，但却是一手将在中国与诗歌并驾齐驱、备受推崇的"赋"之精华传回日本的贵人。

长安城巷的声音

II

01

失意的留学僧弁正

忆故土日本

长安城街巷处围观苏摩遮的喧闹人群中,除了山上忆良外,应该还有一个日本人,他就是大宝二年(702)随山上忆良等人一起来到大唐的遣唐留学僧——弁正。

《怀风藻》①一书中有弁正生平相关记载。文人,学富五车,长于辩论,围棋造诣甚高,初到大唐时,凭借在围棋上的天赋,常与时为临淄王的李隆基对弈,颇受优待。

弁正曾因自己被选为留学僧而倍感骄傲,但这骄傲最终却变成困住他内心的枷锁,终其一生再未能踏上故乡的土地,

---

①《怀风藻》:日本奈良时代编,日本最早的一部汉诗集。

只能将身处异域他乡的满腔悲苦愁闷化为一首绝句,即《怀风藻》中的《忆故土日本》[①]。

> 日边瞻日本,云里望云端。
> 远游劳远国,长恨苦长安。

全诗的意思是:远眺云端,那闪着日光的地方,就是日本。自己远渡重洋来到中国求学,思乡之苦闷无以复加。长安啊长安,带给自己的只有长长的苦闷。

据说这首诗典出《世说新语·夙惠》。史书有载,定都南京的东晋开国皇帝晋元帝问其只有几岁的儿子司马绍:"长安与太阳哪个远?"司马绍巧妙答道:"太阳远,因为未听说有人来自太阳。"元帝听后泪流满面,于是就将晋"东渡"一事讲与儿子司马绍。后者就是东晋第二任皇帝——晋明帝。

弁正在诗中借用晋之"东渡"比喻自己远渡日本海来到大唐,于他而言,位于日边的故乡日本是那么的遥远。

同一时期来到大唐的山上忆良也曾创作过一首咏故乡日本的短歌,题为《于大唐作忆故土歌》[②]:

いざ子ども早く日本へ大伴の　御津の浜松待ち恋ひぬらむ（卷1・63）

---

① 日文原文:「大唐に在りし時に、本郷を憶ふ」。
② 日文原文:「大唐に在りし時に、本郷を憶ひて作れる歌」。

（日本大伴御津①松，望水凝眸盼君归。）

由于这首短歌和弁正诗题目相近，二者曾一度被认定是写于文武天皇庆云元年（704）第七次遣唐使归国的送别宴上。但如若弁正一诗当真典出《世说新语》的话，那创作时间就不可能是庆云元年。因为庆云元年才是他来到唐朝的第二年，根本谈不上所谓"不闻人从日边来"了。第七批遣唐使离开唐朝后，第八批遣唐使时隔15年之后于养老元年（717）方才抵达唐朝。也就是说，这中间的15年，于弁正而言才是所谓的"不闻人从日边来"的漫长岁月，正是对日出之地日本故土望眼欲穿，才使得他写出这首溢满思乡之情的佳作。

弁正日夜期盼着来自日边家乡迎接自己的船只，可总是等不到。转眼15年过去了，这期间发生了很多事，自己也在唐朝还俗、娶亲。虽然并不能还原其还俗、结婚、作诗三者时间上的先后顺序，但最终令其放弃回国念头的多半还是与唐朝女子的婚姻。《唐会要》②书中有载："敕诸番使人所娶得汉妇女为妾者，并不得将还番"。即严禁偕汉女回番邦。为了不违背这一条禁令，弁正也只能放弃回国的念头了。

---

① 大伴御津：奈良时期位于难波的官港，今大阪难波。
②《唐会要》：是记述唐代各项典章制度沿革变迁的史书。苏冕以高祖至德宗九朝史事，编成《唐会要》40卷，杨绍复续修至武宗时代，撰成《续唐会要》40卷；后又由五代王溥搜罗自宣宗以来至唐末之史事，北宋建隆二年（961）撰《新编唐会要》100卷。现简称《唐会要》，是中国历史上第一部《会要》专著。

随第八次遣唐使团来到大唐的羽粟吉麻吕同样也娶了唐朝汉女为妻，回国时也未能偕妻一同回国，只有两个孩子伴其左右。可见弁正定是对妻子有着无法割舍的深厚感情，放弃回国念头的他，只能将心中对故乡满满的思念，化成《怀风藻》中那一首五言绝句。

弁正和唐朝汉人妻子育有两子，长子久居大唐，而次子朝元在其10岁左右，即养老二年（718）怀抱着弁正另一首名为《与朝主人》的思乡诗，跟随第八次遣唐使归国的船只回到了令父亲后半生心驰神往的故土——日本。

朝元的归途没有遇到风险，平安抵达日本，《续日本纪》中有载，「此度の使人略闕亡すること無し」（此次使船几乎无伤归国），这在前前后后共14批次遣唐使往返历程中，也属少有的幸运。

弁正次子全名秦忌寸朝元，回到日本后入仕朝廷，后曾被命为遣唐判官渡唐，最后殁于日本。父亲思念着日本但最终客死大唐，儿子心向大唐却最终埋骨日本。

望乡之念《折杨柳》

父弁正所作、子朝元带回日本的这一首《与朝主人》[①]，

---

① 日文原文：「朝主人に与ふ」。

诗中"朝主人"具体指的是谁至今仍无定论。有人将"朝"解读为朝宿邑旅馆的主人，也有人认为"朝"指的是朝元，还有人觉得这首诗是写给汉名为"朝衡"的阿倍仲麻吕的。

> 钟鼓沸城闉，戎蕃预国亲。
> 神明今汉主，柔远静胡尘。
> 琴歌马上怨，杨柳曲中春。
> 唯有关山月，偏迎北塞人。

如果将第三句中的"今"理解为唐朝的话，那么"神明"的"汉主"指的必然是唐玄宗李隆基。弁正因擅长围棋时常出入临淄王府，称赞玄宗为"汉主"也未尝没有可能。玄宗大破北塞凯旋京城后，曾借用三首乐府名诗来描绘塞北边境的风貌，也就是《昭君怨》（琴歌马上怨）、《折杨柳》（杨柳曲）和《关山月》。

"乐府"概念源自汉朝，汉武帝取匈奴的音乐充作军乐借以鼓舞士气，而将负责管理这些乐曲的机构唤作"乐府"。后来，人们将乐府管理的音乐称为"乐府"，甚至将以汉乐府曲名为题所创造的诗歌也统称为"乐府"。乐府调本就源自北方民族音乐，故而整体上带有十分强烈的边境情感。虽说乐府调的初衷是用作军乐，但乐府诗就内容而言感性至极，多是描述守疆将士与心上人遥隔万水千山互诉衷肠的情景，诗中满溢着思念家乡的愁怨与悲苦。

弁正诗中"杨柳曲中春"一句的意思是"春天迟迟没有到来,只能从杨柳曲中寻觅一丝春天的迹象"。在前言中所描述的在渭水或灞水边,人们折杨柳枝依依惜别,此时所唱的就是乐府诗《杨柳曲》。

古人折柳送别的对象,多是那些起程前往朔北[①]或者边塞征战守疆的将士们。《宋书·五行志》中有载:

晋太康末,京洛为《折杨柳》之歌,其曲有兵革苦辛之辞。

边塞生活苦寒孤寂,杨柳曲更是凄音怨乱,角笛声声难免唤起将士们的思乡之情。李白曾在其作品《塞下曲·其一》中再现了这种场景:

五月天山雪,无花只有寒。
笛中闻折柳,春色未曾看。
晓战随金鼓,宵眠抱玉鞍。
愿将腰下剑,直为斩楼兰。

"笛中闻折柳""杨柳曲中春",李白和弁正都不约而同地使用类似的诗句表达那些被寄托在"折杨柳"背后的哀思。

弁正诗中第二句提到"柔远静胡尘",每每联想到"胡

---

① 朔北:泛指中国长城以北地区。

尘""折杨柳"这些意象时,脑海中便自然而然地浮现出王维那一句"西出阳关无故人"。阳关,想来将士们多半也是被派往阳关去保家卫国的吧。

阳关古城,坐落于敦煌以西70公里的沙漠中,因为这里经常会出土些古代将士们的遗骨或遗物,所以常被唤作"古董滩"。

笔者曾于敦煌博物馆内,参观过一些出土自汉代烽火台附近的物品。烽火、箭镞、战士穿戴的毛毡靴子等,皆静静地躺在展示柜里。此外还有一些金属质或玉质的首饰。这些本该是女性佩戴的首饰同样出土自烽火台附近,想来又该是哪位远离亲人、征战沙场的将士将自己心上人的首饰当作信物珍藏在身上。如果将士们平安归乡的话,这些饰品就不可能出现在沙漠之中。将士们最终战死沙场,这些金玉首饰也永远陪伴着主人长眠在那漫漫黄沙之下。

久久凝视那些无声沉默着的遗物,仿佛能听得见藏匿在那凯旋欢呼声背后的重重叹息。

伤离别之《关山月》

与《杨柳曲》守望春日相对,另一个乐府词牌《关山月》描绘的则是秋天的风貌。在外戍边的兵士举头遥望那一轮悬于边关城楼上的明月，不禁低头思念起久别故乡的爱人。

关山，顾名思义，指的是关卡所在的山脉，并没有明确的特指哪一座山岳。世人推论古时的关山多半指的是长安以西约200公里，连接陕西陇县和甘肃省的陇山山脉。陇山分别有山南的散关和山北的萧关两个关口，比较符合古代文献中的相关描述。

唐代吴兢在其撰写的《乐府古题要解》①中写道："'关山月'，伤离别也。"戍卒在戍守边关时看到关山之月，常常会想起山水相隔家乡的爱人；而思念丈夫的女人们遥想关山之月时，心头往往又会泛起阵阵情思。

南北朝时期，诗人徐陵创作的这一首《关山月》，就很好地吟咏了这一主题。

关山三五月，客子忆秦川。
思妇高楼上，当窗应未眠。
星旗映疏勒，云阵上祁连。
战气今如此，从军复几年。

诗中提及的祁连山，位于河西走廊上酒泉（古肃州）、张掖（古甘州）、武威（古凉州）的西南部，疏勒则更远，位于塔克拉玛干沙漠西南边缘的喀什。从现实的角度判断，自关山

---

①《乐府古题要解》：音乐著作。唐吴兢撰，分上、下两卷。

所在的位置是无论如何都无法看到从"祁连"到"疏勒"的全貌的。这显然是诗人采取的一种夸张手法，模糊距离感，突出西域风情，这也是边塞诗的特色之一。而对恢宏战事的描写，更对比突出了"秦川客子"的孤独。以关山月为线索，勾勒出征夫在边塞思妻、妻室于高楼念夫两个情景画面，情景交融之中自然抒发着两地情思与伤怨。

弁正的诗句也表达了相似的情感，关山明月下赶赴北塞戍边行军的兵士默默前行，心中却黯然消解着与心爱之人离别的愁绪。

马上琴歌《昭君怨》

汉元帝时，王昭君被选入宫中，最终却被作为当时对匈奴怀柔政策的牺牲品远嫁塞北，于鄂尔多斯的荒漠中香消玉殒。其相关记载初见于《汉书》中《元帝本纪》及《匈奴传》，《后汉书·南匈奴传》中也有记载。弁正诗中有云"琴歌马上怨"，正史中却没有关于马上琴歌的描述。

据传为王昭君所作的《昭君怨》也只有"道里悠长，呜呼哀哉，忧心恻伤"一句描写了旅途的忧伤情绪，同样没有关于"马上琴歌"场景的描述。唐代李白与白居易所作的诗中亦未曾找到任何关于马上琴歌场景的描写。那么，"马上琴歌"的说法究竟从何而来？

最初描写马上琴歌场景的是晋石崇的《王明君词》（亦作《王明君辞》）。石崇在其序中写道："昔公主嫁乌孙，令琵琶马上作乐，以慰其道路之思，其送明君，亦必尔也。"也就是说：昔日汉武帝以江都王刘建之女嫁乌孙王，远行途中马上奏琵琶以慰公主之思。王明君即为王昭君，石崇推测送昭君远嫁匈奴时，亦有此行为。马上琴歌并不是有史料为证的历史事实，而只是石崇一人的推测罢了。

又考虑到石崇所作的是《王明君词》而非《王明君诗》，所以说，用于佐证马上琴歌的并非史料或者诗句，而只是《王明君词》中的一句叙述而已。

词，在当时多是为伴舞或配剧所作歌曲用的歌词。《王明君词》创作于六朝时期，在词创作的历史中也属于较早期的作品了。

这首词既然是相当早期的作品，那么关于王昭君的研究，不仅应该关注记载于正史上的资料或广泛流传于文学界如李白、白居易诗句等正统资料，还应该密切关注更为接近昭君所处同时代的伴舞歌词甚至流传于民间艺人口中的故事。

《旧唐书·音乐志》中有这样的记载，汉人怜昭君远嫁漠北，为之作诗，晋时石崇有一妓绿珠，舞极美，石崇教此曲并作新词。如此，可以确定《王明君词》就是为伴舞用歌曲创作的词。

石崇是晋人，同期六朝《南齐书》卷44《沈文季传》中，有名为褚渊的男子手执琵琶弹奏《明君曲》的记载。《魏书·乐志》中亦有《明君曲》是江南地区传统歌谣的相关记载。继承了南北朝63曲乐曲的《旧唐书·音乐志》在武则天时代后衰微失录，但仍然有8曲乐曲流传至民间，其中之一就是《明君曲》，足见王昭君一直是民间艺人口中的主角。

妓女绿珠于观众前哀情百转，说昭君之事，歌昭君之词，舞昭君之曲。踏上沙漠哪怕一寸，就意味着进入了匈奴的领地，"入漠行"是昭君悲剧的序曲，也是故事中最为引人注目的篇章。石崇与绿珠为赚足观众眼泪，在这一章节着实花费了不少心力，掺入巧思，这巧思便是石崇由汉武帝时公主远嫁故事中得来的创意——《马上琴歌》。

《马上琴歌》虽记录于《王昭君词》的序中，但词中却只字未提。

> 辞诀未及终，前驱已抗旌。
> 仆御涕流离，辕马为悲鸣。
> 哀郁伤五内，泣泪沾朱缨。
> 行行日已远，遂造匈奴城。

与帝话别未了，开道之人已然高举旗帜意欲出发，车前驭者落泪，驾车辕马哀鸣。昭君悲痛到仿若五内俱焚，已然顾不得泪水沾湿了衣裙。紧接的下一句便已到了匈奴城邦，没有提及马上琴歌。

序与词之间插的这段马上琴歌，词中虽未提及，但在绿珠演出之时，该是有琵琶伴奏的，多半是在"行行日已远"此句之后，琵琶独奏的乐声响起，而绿珠则默默无语，配合着演绎昭君一行步入大漠的凄然情状。

说解《王昭君》

昭君出塞的故事在民间广为流传，甚至被编作变文。变文，唐五代时期佛教用于传教所讲故事的台本，由韵文与散文交替书就。由于传教的对象更多是目不识丁的平民百姓，故而语言平易、简单，传教时根据台本或唱或说，尽量通俗易懂地说解故事。

以昭君为主角的《昭君变》恰是变文之一。中唐时期王建曾创作有《观蛮妓》：

> 欲说昭君敛翠蛾，清声委曲怨于歌。
> 谁家年少春风里，抛与金钱唱好多。

（《全唐诗》卷301）

诗中描绘的是塞外来的女子于长安街头说故事唱曲的情景，蛮妓恍若昭君，蹙眉说昭君事，引得少年不断喝彩鼓掌，抛钱打赏。

吉师老诗中，唱《昭君变》的虽不是蛮妓，却也并非中原女子，乃是蜀女。在《看蜀女转昭君变》中，吉师老写道：

> 妖姬未著石榴裙，自道家连锦水濆。
> 檀口解知千载事，清词堪叹九秋文。
> 翠眉颦处楚边月，画卷开时塞外云。
> 说尽绮罗当日恨，昭君传意向文君。

（《全唐诗》卷774）

着一身石榴裙的美女缓缓展开昭君画卷，朱唇轻启，双眉颦颦，以清词说昭君。

这类民间故事或词曲，本质上却是欺瞒观众，令其对内容信以为真。既然是欺，至少也需要足以瞒得住观众的部分真实。那么如何才能做到这部分的真实呢？莫过于让故事中的人物亲自出场说解了。由塞外女子来说解远嫁塞外的昭君故事，更容易迷惑众人，使之轻易便陷进故事中去，这本身也是一种让观众信服故事的有效手段。出土自敦煌的《王昭君变文》，虽不能确定与蛮妓所唱之变文是否一致，但文中确有

> 管弦马上横弹，即会途间常奏。

这样的语句，明确提到了马上琴歌。

马上琴歌并非史实，其出处也并不是史书或诗歌，而仅仅是石崇为流传于民间的曲艺有意识创作出来的情节。以乐府中"昭君"为题创作的诗文很多，但凡于文中提及马上琴歌的，都应该是受了石崇词或变文的影响。

马上琴歌虽然只是虚构的情节，但于表演中一经插入，却能令观众倍感真实，想必这也是令弁正最为感动和铭记的章节。

出土自敦煌的《王昭君》中，有如下记录：

故知生有地，死有处，可惜明妃，奄从风烛，八百余年，坟今上（尚）在。

可见这篇变文完成创作的时间晚于昭君之死800年，可惜史书中并没有留下昭君亡殁的具体年份，只知道昭君远嫁匈奴是在公元前33年，800年后该是公元767年，即唐代宗大历二年。

如此推算，由远渡日本海造访大唐的弁正应该是没有机会听过这篇出土自敦煌的《王昭君变文》了，毕竟变文成文晚于弁正辞世。

弁正听闻的昭君故事既然不是出土自敦煌的变文，那便应该是晋朝时期妓女绿珠曾歌舞过，流传至民间的故事版本。不难想象街巷尘沙与市井人气交相混杂的长安街头弁正侧耳倾听佳人说解《王昭君词》的情景。

弁正之哀

弁正诗作中前半部分是对于异国来朝、镇压边民作乱的皇族的赞歌，而后半部分却多是出于对为两族和平做出牺牲的和亲女子苦楚的怜惜，还有对远离故土、卫戍边疆兵士们愁怨的哀叹。可以说，弁正已然一步步探触到隐藏在那无尽繁荣背后的黑暗。

另在弁正创作的三乐府中，无不流露出他的望乡情切——「日辺日本を瞻 雲裏雲端を望む」（日边瞻日本，云里望云端），字里行间入目尽是弁正对家乡的思念。无论是出入长安城的军役，背负劳役的异乡人，还是离乡做官的知识分子，弁正凝望着旁人，将自己对故土的满腔思念寄托在他们身上。漫长岁月里身陷长安吟唱离乡之苦的弁正，一如词中那远嫁荒漠、离乡出塞的昭君，又如诗中那遥望关山月、感伤折柳曲的塞北之人。

当初人在奈良与亲人告别，向着大伴的御津（今大阪难波）信步前行时，日本都城新枝正绿，杨柳青青着地垂。或许这也是多年后身陷长安的弁正朝思暮想、几度梦回的情景吧。

弁正因思乡而作诗，而远在奈良的国人透过他的诗，第一次看见了文学世界里的西域。正是弁正的诗让当时的日本将目光首次探向了西域,甚至间接促进了日后平安朝时期日本西域意识的发端。

截至奈良朝时,日本尚无与西域往来的记录,对西域的了解仅限于传自中国的书籍,如《汉书·西域传》《后汉书·西域传》,郡国志中的《凉州志》、记录班超入西域的《班超传》、《史记》中的《匈奴传》与《大宛列传》以及《周书·异域传》《魏书·西域传》等。正仓院文书中《未分经目录》里也有关于《大唐西域记》《大唐西域求法高僧传》及《法显传》等。

诸如此类书籍早在天平年间就已传入日本,但相较于这些来自异国文字的记录,由久居长安、切身感受大唐文化的日本人自己创作的诗作,带给当时奈良的影响是大不一样的。

弁正最终客死大唐,但以乐府为题、为日本带去西域文学认知的弁正诗歌却保有活力,影响久远。

02

山上忆良与长安的疯僧

长安街头的疯僧王梵志[①]**与山上忆良**

鉴于没有找到描绘长安街头的绘画作品,笔者不得已把目光转移到唐代之后的北宋时期。张择端所作《清明上河图》描绘了12世纪北宋街头的繁华场面。乘轿、骑马的人来来往往,推着独轮车、背着天秤的小商小贩四处可见,路旁摊贩整齐排列,包子铺门口成群结队的人们正在听道士讲解经典。想来唐代的长安西市必定也似这般热闹。

街边角落,一群人正观赏杂技,对面又有一波斯打扮的艺

---

① 王梵志:唐初白话诗僧,卫州黎阳(今河南浚县)人。原名梵天,生卒年、字号生平、家世均不详,隋炀帝杨广至唐高宗李治年间在世。

Ⅱ 长安城巷的声音

人在变戏法，时不时引来一片叫好声。而欢呼声最为响亮的另一处，则是胡姬在表演传说中的胡旋舞。与之相比，另一个角落则相对比较安静，人们静静地欣赏被称作"变文"[①]的讲唱文学表演，眉目清晰、唇红齿白的蛮妓正皱着眉头执变文讲述着昭君出塞的历史故事。据传，日本人十分感兴趣的《游仙窟》，武则天时代就已经以变文形式在大街小巷流传开来了。

北宋孟元老《东京梦华录》一书，便是用文字描绘《清明上河图》中繁荣景象的佳作。书中"京瓦伎艺"一卷，集中描绘了开封集聚着曲艺表演场所"瓦子"[②]的景象。其中，仅观赏类杂技节目，就有舞剑、筋骨、走绳索、胡旋舞、相扑、杂技、杂剧、小掉刀、蛮牌、杂班、傀儡戏、球杖踢弄、散乐、影戏、弄乔影戏、弄虫蚁。曲艺类中，歌曲类有嘌唱、小唱、疯僧歌、合生及诸宫调，说唱类则有讲史、小说、商谜、说诨话、说三分及五代史等。

弁正和山上忆良，恰如《清明上河图》及《东京梦华录》中描绘的人物一样，展现在我们眼前。想象一下，聆听和尚吟唱《疯僧歌》时的忆良，是怎样的一种神态呢？

我昔未生时，冥冥无所知。天公强生我，生我复何为？

[①] 唐代兴起的一种讲唱文学。变文文体是由散文及韵文交替组成，内容包括佛经故事，历史、民间故事。
[②] 瓦子：如文中所述，城市中集聚曲艺表演的场所。大兴于宋代。

无衣使我寒，无食使我饥。还你天公我，还我未生时。

听众席传来"好！好！"的称赞声，和尚继续吟唱起来：

贫穷田舍汉，庵子极孤凄。两穷前身种，今世作夫妻。
妇即客舂捣，夫即客扶犁。黄昏到家里，无米复无柴。
男女空饿肚，犹似一食斋。里正追庸调，村头共相催。
幞头巾子露，衫破肚皮开。体上无裈袴，足下复无鞋。
丑妇来恶骂，啾唧搦头灰。里正被脚蹴，村头被拳搓。
驱将见明府，打脊趁回来。租调无处出，还须里正陪。
门前见债主，入户见贫妻。舍漏儿啼哭，重重逢苦灾。
如此硬穷汉，村村一两枚。

又是一片分外高昂的叫好。忆良向邻座的男子打听得知，和尚名叫王梵志，以前是官府的差役，因感叹世事无常索性做了和尚，经常创作一些与众不同的词曲在街头吟唱。

忆良匆忙低头记录歌词：

父子相怜爱，千金不肯博。

或许是因为出家前就和子女断绝了关系，又或者在更早前不幸失去了孩子，王梵志的诗中有很多是描写父子亲情的。更会常常讽刺那些追逐名利的贵族，如"金玉不成宝""黄金未是宝""世人重金玉"等。

忆良脑海中涌现了新诗歌的构想：饱受饥寒的贫穷汉子，哀叹着横征暴敛。王梵志笔下的《贫穷田舍汉》和《富饶田舍儿》形成了鲜明的对比，若是换成与更为贫穷的汉子间戏剧般的对话又会如何呢？王梵志的诗名叫《贫穷田舍汉》，那我就创作一首『貧窮問答歌』（《贫穷问答歌》）如何？类似这种风格的社会派诗人应该是绝无仅有的。念及此，忆良脑海中，诗歌的一节已然成形。

> 灶头无烟火，锅上蛛网悬。
> 忍饥已多日，不复忆三餐。
> 声微细如丝，力竭软如绵。
> 灾祸不单行，沸油浇烈焰。
> 里长气汹汹，吆喝在房前。①

考虑到日本很少有人会创作描写父爱亲情的诗歌，于是忆良又借用了王梵志"黄金未是宝，学问胜珠珍"一句，创作出「白金も黄金も玉も何せむに　勝れる宝子にしかめやも」(金银珠玉诸多宝，何能胜及吾宝儿。) 这样的名句。虽然有抄袭之嫌，未免对王梵志不公，但是没办法，因为想不出更好的表

---

① （原文）竈には　火気吹きたてず　甑には　蜘蛛の巣かきて　飯炊く　事も忘れて　ぬえ鳥の　のどよひ居るに　いとのきて　短き物を　端切ると　言えるが如く　しもととる　里長が声は　寝屋戸まで　来立ち呼ばひぬ

达方式，姑且暂时借用一下。

自那以后，忆良但凡有空就会走上街头听王梵志吟唱诗歌，并认真做着笔记。贵族奢华淫逸生活的背后，像王梵志这样的和尚创作的疯僧诗歌，更多的描述被赋税、征兵压得喘不过气来的长安平民百姓的生活，一律被称为梵志体，流传甚广。

同"苏摩遮"一样，梵志体在长安的街头巷尾流传过程中逐渐被忆良所熟知。

王梵志，生卒年不详，普遍认为是隋末唐初的诗人。最初，他的名字几乎无人知晓，即使是在收录了全部唐诗的《全唐诗》里，也遍寻不到他的身影。直至敦煌出土了《王梵志诗集》后，方才以其别具一格的诗风引来世人的瞩目。《贫穷田舍汉》一曲就收录其中。

正是由于忆良的《贫穷问答歌》近似王梵志的《贫穷田舍汉》，二人又生活在同一时代，而忆良又确曾到过大唐，这才使得我不由自主地展开了二人相遇的想象。

《贫穷问答歌》与《贫穷田舍汉》

先对照一下《贫穷问答歌》与《贫穷田舍汉》的原文，画线部分是相似之处。

貧窮問答歌

風雑じり / 雨降る夜の雨雑じり / 雪降る夜は / 術もなく / 寒くしあれば / 堅塩を / 取りつづしろひて / 糟湯酒 / うち啜ろひて / 咳かひ / 鼻びしびしに / しかとあらぬ / 鬚かき撫でて / 我を措きて / 人は在らじと / 誇ろへど / 寒くしあれば / 麻襖 / 引きかがふり / 布肩衣 / 有りのことごと / きそへども / 寒き夜すらを / <u>我よりも　貧しき人の　父母は　飢ゑ寒からむ / 妻子どもは / 乞ふ乞ふ泣くらむ</u> / この時は / 如何にしつつか / 汝が世は渡る天地は / 広しといへど / 吾が為は / 狭くやなりぬる / 日月は / 明しといへど / 吾が為は / 照りや給はぬ / 人皆か / 吾のみや然る / わくらばに / 人とはあるを / 人並に / 吾も作れるを / <u>綿もなき / 布肩衣の / 海松の如 / わわけさがれる / 襤褸のみ / 肩に打ち懸け / 伏盧の / 曲盧の内に</u> / 直土に / 藁解き敷きて / 父母は / 枕の方に / 妻子どもは / 足の方に / 囲み居て / 憂へ吟ひ / <u>竈には / 火気ふき立てず / 甑には / 蜘蛛の巣懸きて / 飯炊く / 事も忘れて / ぬえ鳥の / 伸吟ひ居るに</u> / いとのきて / 短き物を / 端截ると / 言へるが如く / <u>楚取る里長が声は / 寝屋戸まで / 来立ち呼ばひぬ</u> / かく

ばかり / 術無きものか / 世間の道 /

贫穷田舍汉

贫穷田舍汉，庵子极孤栖。两穷前生种，今世作夫妻。

妇即客舂捣，夫即客扶犁。黄昏到家里，无米复无柴。

男女空饿肚，犹似一食斋。里正追庸调，村头共相催。

幞头巾子露，衫破肚皮开。体上无裈袴，足下复无鞋。

丑妇来恶骂，啾唧搦头灰。里正被脚蹴，村头被拳搓。

驱将见明府，打脊趁回来。租调无处出，还须里正陪。

门前见债主，入户见贫妻。舍漏儿啼哭，重重逢苦灾。

如此更穷汉，村村一两枚。

许多研究忆良的学者都在找寻《贫穷问答歌》诗句的出处，而且研究越是深入，出处就越是繁多。忆良为创作这一首诗歌，真的曾参考过那么多的书籍吗？

菊池英夫是第一位注意到《贫穷问答歌》与《贫穷田舍汉》之间联系的学者，其理论十分简洁明了，仅仅是用了《贫穷田舍汉》和王梵志一些其他的作品来探究《贫穷问答歌》的出处。而笔者除论证这两首作品之间的联系之外，还研究了两位作者余下的全部作品，结论是，菊池氏的理论是完全正确的。

这里简单归纳一下两人作品中类似的表达（第一行为《贫穷问答歌》，第二行为《贫穷田舍汉》）：

Ⅱ 长安城巷的声音　　125

居住	伏盧の　曲盧の内に　直土に　藁解き敷きて
	庵子极孤栖
饮食	竈には　火気ふき立てず　甑には　蜘蛛の巣懸きて
	飯炊く　事も忘れて
	无米复无柴
饥饿	父母は　飢ゑ寒からむ　妻子どもは　乞ふ乞ふ泣くらむ
	男女空饿肚
衣物	綿も無き　布肩衣の　海松の如　わわけさがれる
	襤褸のみ　肩に打ち懸け
	幞头巾子露，衫破肚皮开。体上无裈袴，足下复无鞋。
征税	楚取る　里長が声は　寝屋戸まで　来立ち呼ばひぬ
	里正被脚蹴，村头被拳搓。駈将见明府，打脊趁回来。
	租调无处出，还须里正陪。门前见债主
哭声	妻子どもは　乞ふ乞ふ泣くらむ
	舍漏儿啼哭
极贫	我よりも　貧しき人の
	如此更穷汉，村村一两枚。
世界观	かくばかり　術無なきものか　世間の道
	重重逢苦灾

两位诗人共通的地方，不仅体现在这两首描写贫穷的诗歌里。

举例分析，忆良为哀悼好友大伴旅人妻子的逝去所作的《悼亡文》（卷5）中，使用的"空""二鼠""四蛇""苦海""烦恼""屏风"等较为特殊的词汇，均是王梵志曾在诗中使用过的词汇。《悼亡诗》中的"波浪"也是如此，其中的共通点尤其引人瞩目。

此外，《沈痾自哀文》（卷5）中的"灾害""业""修善""三宝""礼拜""忏悔""疾""罪过""造罪""老""病""苦""鬼""业报""医方""饮食""长生""生""死""生鼠""王侯""金""富""九泉下人""贤愚""有尽身""道人""丹经"等词汇也是如此。如果语句相近、表达相似，那么起码可以说明其中的思想是共通的。类似的语句及表达，此处就不再一一列举，让我们将目光集中锁定在思想层面的共通之上吧。此处引用的王梵志诗的括号内编号是张锡厚编著《王梵志诗校辑》（北京：中华书局，1983）中的编号。

正视贫穷

很多学者指出，虽然忆良受到了王梵志的影响，但更主要的还是因为他本人踏上仕途的时间很晚，经历过生活困苦，即使后来当官大多也只是地方小官小吏，对民间疾苦深有体会。除了《贫穷问答歌》之外，他还创作有：

富人の家の児どもの着る身無み　腐し棄つらむ絹綿らはむ（卷5·900）

（富家儿女衣甚多，绸缎棉布弃不惜。）

荒栲の布衣をだに着せかてに　斯くや嘆かむ為むすべを無み（卷5·901）

（荒栲粗衣难着身，如斯叹嘘又奈何。）

等佳句。

反观王梵志创作的约300首诗歌，大多暗含着虚无的观念、绝望的思想和怀疑的态度，这一点是不可否认的。

接触其作品可知，首先映入眼帘的就是初唐时期重要的社会问题之一——府兵制[①]之下兵士的困苦和沉重赋税压榨下百姓饥寒交迫的悲惨生活，与世人对平等社会理想追求间的矛盾不可调和。也正是因为如此，其作品中频频出现"村头""里长""里正""浮浪汉""兵夫""租调""兵役""赋役""府

[①] 府兵制：中国古代兵制之一。该制度最重要的特点是兵农合一。府兵平时为耕种土地的农民，农隙训练，战时从军打仗。府兵参战武器和马匹自备，全国都有负责府兵选拔训练的折冲府。府兵制由西魏权臣宇文泰建于大统年间（535—551），历北周、隋至唐初期而日趋完备，唐太宗时期达到鼎盛，唐玄宗天宝年间（742—756）停废，历时约200年。

兵"等征税使相关的词汇，另外，"贫""贫苦""贫穷""贫富""贫者""贫家""贫贱""贫人""贫儿""贫奇"这类用以表达贫苦的词汇出现频率也不低。

王梵志所作贫穷诗，并非单纯意义上的《贫穷田舍汉》。题为《富儿少男女》（272）的诗歌中就曾写道："穷汉生一群。身上无衣挂"，结尾处也有"积代不得富，号曰穷汉村"的表述。

《草屋足风尘》（39）[①]一诗描绘了家中连破旧的绒毯也没有，只能用稻草来修补四处漏风的房子的悲苦景象。家中即使来了客人，也没有条件烧火取暖，只能将鹿肉和石盐当作下酒菜，借白酒聊以驱寒。虽然这首诗没有使用问答形式，但是主题、手法和描绘内容等都与《贫穷问答歌》相差无几。

贫民逃亡之世

贫民被责骂，惨遭征税使的鞭打。忆良哀叹道：「楚取る里長が声は　寝屋戸まで　来立ち呼ばひぬ」（手持绳鞭里长吼，震耳欲聋枕床边）；而王梵志则悲呼，"里正被脚蹴，村

[①]《草屋足风尘》：草屋足风尘，床无破毡卧。客来且唤入，地铺稿荐坐。家里元无炭，柳麻且吹火。白酒瓦钵盛，铛子两脚破。鹿脯三四条，石盐五六颗。看客只宁馨，从你痛笑我。

头被拳搓。驱将见明府，打脊趁回来。""百口莫辩，唯棍棒下等死。"

自然地，随之出现了贫民逃亡的结果，忆良和王梵志的诗歌中对此也都有相关描写。忆良创作的『惑情を反さしむる歌』（《令反惑情歌》）（卷5・800）中对教化"亡命山泽之民"一事的态度，虽然不如王梵志在《天下浮逃人》中流露得那般猛烈与激昂，"此是五逆贼，打煞何须案"，但二者抨击时政的思想却是一致的。如果说王梵志笔下的浮逃户是"无心念双亲"的话，那么忆良笔下的"亡命山泽之民"则更是因此被迫放弃了侍奉父母这样的大事。

然而在谈论兵士的困苦和百姓的饥寒交迫时，两位诗人却都未曾触及社会制度问题。王梵志用佛教思想来劝诫，忆良则是用儒家的三纲五常来论述。两者强调的都是因果报应、苦尽甘来的理念，从这个层面分析，两位诗人的思想竟也是相通的。

两人的作品之中，佛教用语频繁出现，字里行间流淌着人生无常、生即是苦、生老病死、刹那时间、行善止恶、早求涅槃、厌世弃死、因果报应、自我解脱、五戒等佛教思想。

佛、儒、道三教之共性

佛教思想中的忍受，和以忠孝仁义为中心思想的儒家思想在某个层面上是相通的。虽然佛教和儒家的主张略有不同，但是都在倡导孝的理念。初唐时期，不孝顺父母的情况多有发生，王梵志借很多赞美孝道的诗歌抒发感慨。另外，"忍受"的思想也与道教处世哲学中提倡的忍辱、服弱、保身、谦让、不争等理念有相通之处。

忆良借"三纲五常"思想来批判逃亡的恶行，《悼亡诗》中体现的虽然只是"三从四德"的表象，但这并不仅仅是简单的儒教思想，同王梵志受到儒、佛两教影响的情况一样，忆良的作品中也随处可见佛教思想的踪影。也正因为这样，才诞生了如《万叶集》第五卷的『悼亡诗』（《悼亡诗》）、『悼亡文』（《悼亡文》）、『子等を思へる歌』（《思子歌》）、『世間の住り難きを哀しびたる歌』（《哀世间过往》）、『痾に沈みて自ら哀しむの文』（《沈痾自哀文》）、『俗の道の、仮に合ひ即ち離れ、去り易く留り難きを悲しび嘆ける詩』（《悲叹俗道假合即离易去难留诗》）、『老いたる身に病を重ね、年を経て辛苦み、及、児等を思へる歌』（《老身重病经年衰苦》）等佳作，进而造就了忆良，使其从《万叶集》众多诗人

Ⅱ 长安城巷的声音　　131

中脱颖而出，大放异彩。

佛教思想中，忆良感受最深的莫过于对无常、生老病死、刹那时间的理解。这一点在他为哀悼大伴旅人亡妻所创《悼亡文》和《悼亡诗》中体现得尤其明显：

　　四生之起灭，皆似梦般空。
　　三界之漂流，如环之无端。

此外，这首诗中开篇还使用了"二鼠竞走""四蛇争侵"及"苦海烦恼"等，也都是王梵志的语句。

忆良的歌，如《哀世间过往》《悲叹俗道假合即离易去难留诗》等，也都完整地体现了无常思想。此外还有：

常磐なすかくしもがもと思へども／世の事なれば留みかねつも（卷5・805）

（欲如岩磐永世存，但惜世事皆无常。）

王梵志诗中关于无常的表现也很多。例如："人生能几时，朝夕不可保。"（141）"共受虚假身，共禀太虚气。"（146）"人纵百年活，须臾一日死。"（250）"体骨变为土，还归足下尘。"（256）等。

相较于王梵志，忆良诗中的佛教用语也不在少数。如描写人生虚幻的"假合之身""有尽身""泡沫之命"，描写世间恶浊的"苦海""秽土",描写因果轮回的"众生""业报",描写人生困苦的"八大辛苦",描写幽冥鬼界的"泉门""黄泉""鬼",描写皈依、守戒、行仪的"六斋""发露""忏悔""修善""三归""五戒""杀生""偷盗""邪淫""妄语""布施",描写经典人物的"如来""维摩大士""释迦""罗睺罗"等。此外,还有"净刹""烦恼""二鼠""三宝""三界""四蛇""四生""凡愚"等词语,多半也与王梵志的作品如出一辙。

吟咏家人

《万叶集》中有很多描写男女爱情的和歌,但除了忆良,歌颂父母妻儿的歌人数量却不是很多。描写男子对父母的爱的和歌大约31首,描写丈夫对妻子的爱的和歌大约17首,描写父母妻儿之间亲情的大约12首,合计只有60首,数量远不及描写男女爱情的和歌。这60首当中,与防人相关的有21首,描写都城歌人亲情的有39首。这39首中,有16首是忆良一人所作。所以,论及描绘亲情的歌人,确实非忆良莫属。《令反惑情歌》的序中有写有:

父母を敬ふことを知りて　侍養を忘れ、妻子を顧みずして、脱履よりも軽みず（後略）

［虽晓敬父孝母理，忘却赡养乃常事。不顾妻儿之生死，轻其甚比脱履易。（后略）］

歌中唱有：

父母を／見れば尊し／妻子見れば／めぐし愛し／世の中は／かくぞ道理（后略）（卷5·800）

［孝敬父母疼妻儿，此乃世间之人道。（后略）］

歌中，父母、妻子及本人皆悉数登场。

同一视角在王梵志的诗中也都有所体现，他所创作的《父子相怜爱》（138）、《父母怜男女》（271）诗篇中，父母、妻儿、兄弟、叔侄等家人亲戚全都登场。

针对以家族关系为根本的"孝"完全流于表象的状况，王梵志在诗中借"生时不供养，死后祭泥土"的词句予以抨击。这与《令反惑情歌》中的「父母を敬ふことを知りて 侍養を忘れ」（虽晓敬父孝母理，忘却赡养乃常事）的表达方式一致，同样描写的是家庭亲情关系瓦解的现象，但诗中出现的却是家庭成员。换句话说，正是家庭每个成员之间的融洽与和谐才能最终组成一个完整的家庭。

深受儒、释、道三教同一思想影响的王梵志，以儒教之根本思想"孝悌"为着眼点，在诗歌创作中加入了对家人关系的描写。同样，忆良也在《令反惑情歌》的序中明确提到了"三綱を指示して、更に五教を開く"（指示三纲，更开五教）相关内容。忆良针对家人的描写，并非为了描绘家庭生活的景象，更多的是出于传递儒教道德观的目的。

子女——父母的掌上明珠

歌颂母爱的万叶歌人尚有数位，但歌颂父爱的著名歌人却只有忆良一人。

歌颂父爱的作品大多从题名便可分辨得出，如《思子歌》（卷5·802）、《老身重病经年衰苦及思子歌》（卷5·897）、《男子、恋名古日歌》（卷5·904）三首，此外，《贫穷问答歌》（卷5·892）、《罢宴歌》（卷3·337）等作品令人轻易就可以领会到个中满溢的思子之心。《男子、恋名古日歌》是《万叶集》中唯一的以父亲口吻叙述对孩子深情的和歌。

　　ことことは　死ななと思へど　五月蠅なす　騒く子どもを　打棄ててて　死には知らず（卷5·897）
　　（痛不欲生又奈何，怎能撇下儿女情。）

　　術もなく苦しくあれば出で走り　去ななと思へど児らに障りぬ（卷5·899）

（痛苦难耐欲远走，奈何儿女阻我行。）

世の人の　貴び願ふ　七種の　宝も我は　何為むに
我が中の　生れ出でたる　白玉の　我が子古日は

（卷5・904）

（世人祈贵七种宝，七宝与我有何干。我生白玉名古日……）

同忆良一样，僧人王梵志也会将孩子比作宝玉：

父母生儿身，衣食养儿德。（252）

父母怜男女，保爱掌中珠。（271）

借由频繁出现在王梵志诗中例如"亲""妻子""父母"之类的词汇，可以判断王梵志着实称得上是一位热爱自己家人的诗人。

忆良则吟诵道：

父母を　見れば尊し　妻子見れば　めぐし愛し
（生身父母大如天，爱妻疼子夫之本。）（《令反惑情歌》）

于忆良而言，寄予妻儿眷属的爱，就是讴歌父辈对孩子们的爱。

针对孩子从温室走向尘世这一历程，忆良写道「飛び立ちかねつ」（是无法一下子飞越的）（卷5·893）。同时，他也曾因亲子情怀感到烦恼与困惑：

術もなく苦しくあれば出で走り　去ななと思へど児らに障りぬ（卷5·899）

（痛苦难耐欲远走，奈何儿女阻我行。）

王梵志写道："我身虽孤独，未死先怀虑。家有五男儿，哭我无所据。哭我我不闻，不哭我亦去。无常忽到来，知身在何处。"［原文（305），实为（307）］

面对爱子的死，诗人首先是父亲，两位心境完全一样，悲叹不已。

金银珠宝之否定

日本人对于金银珠宝并没有太多眷恋。虽然正仓院留存有许多金银制品，但那些都是从外国传来的，并非原产于日本。正仓院的大多数藏品都是纸质或木质。建筑上也少有装饰物，日本人没有在身上佩戴宝石、项链或耳饰的习惯，对于金银首饰的热爱远不及草原民族斯基泰人和萨珊王朝的波斯人。

于是乎，万叶歌人中吟诵金银珠宝的也就只有大伴旅人、大伴家持及忆良这些作品中充满着异国色彩的歌人。忆良是其中的先例。但素来对金银珠宝极为淡漠的他，偶尔也会玩弄一下金银。

銀も金も玉も何せむに / 勝れる宝子に及かめやも

（卷5・803）

（金银珠玉诸多宝，何能胜及吾宝儿。）

歌中，忆良置身于"金银是无上的珍宝"这种思想背景中，些许嘲讽的语气讽喻，否定了这种思潮。

崇拜金银的思想盛行于唐朝的贵族中间。1970年出土于西安市南郊何家村的金银制品光彩夺目，据说是安史之乱贵族逃亡之际匆忙间埋藏起来的。针对当时贵族们的这种思想，王梵志曾写下"父子相怜爱，千金不肯博"（183）、"黄金未是宝，学问胜珠珍"（182）等诗句予以嘲讽，这和忆良的观点是相通的。

老丑无情

古代和歌中吟咏衰老主题的不在少数，《古今和歌集》中就有：

今こそあれ我も昔は男山　さかゆく時もあり来しものを（杂上・899）

（今朝虽老昔为山，岁月一去不复返。）

类似的和歌达20多首，但或许是因为受到短歌体裁过短的制约，歌中只是一味地描写衰老境遇，并没有正视"老丑"这个话题。

忆良的作品则不同，《哀世间难住歌》（卷5・804）中，他是这样描绘风华正茂的青年男女的：

少女らが／少女さびすと／唐玉を／手本に纏かし／（或はこの句、白栲の／袖振り交はし／紅の赤裳裾引き／といへるあり）同輩児らと／手携はりて遊びけむ／時の盛りを（女）／

大夫の男子さびすと／剣太刀／腰に取り佩き／猟弓を／手握り持ちて／赤駒に／倭文鞍うち置き／這ひ乗りて／遊び歩きし／（中略）／少女らが／さ寝す板戸を／押し開き／い辿り寄りて／真玉手の／玉手さし交へ／さ寝し夜の／（男）

［如花似玉美少女，妙手轻盈卷玉链。同辈携手喜欢笑……（女）

英姿飒爽男儿壮,腰佩刀剑手持弓。倭文马鞍置马背,便骑赤驹驰猎场。(中略)推开梦中少女门,蹑手静卧少女旁。玉腕相交共缠绵……(男)]

与之相对,对"老丑"的描绘则是这样的:

蜷の腸/か黒き髪に/何時間か/霜の降りけむ/丹の/面の上に/いづくゆか皺か来たりし(女)
手束杖/腰にたがねて/か行けば/人に厭はえ/かく行けば/人に憎まえ/老男は/かくのみならし(男)
[雾鬓云鬟美少女,不知何时霜降身。朱唇玉面荷花秀,皱纹戏弄眉宇间。(女)
手持拐杖齐腰间,去罢此处另寻欢。讨人嫌来遭人厌,老朽如斯话艰难。(男)]

最后以「たまきはる 命惜しけど せむ術も無し」(长命百岁世人梦,无术可寻叹人生)结尾。

借花颜衰败喻女性的衰老,青春不再,三国时期的曹植曾有诗云"南方有佳人",同样,宋子侯笔下也有《董妖娆》、初唐刘希夷著有《代悲白头翁》等,它们都是脍炙人口的佳作,这种女性闺怨诗的传统手法并不罕见。

与之相应,针对男性的描写却显得严酷又新颖。借「大

夫の　男さびすと」（英姿飒爽男儿壮）形容充满朝气、期待出人头地的欲望和「少女らがさ　寝す板戸を」（推开梦中少女门）形容充满青春活力的爱欲，刻画出男子的鼎盛时期。当这些欲望瞬间飞驰而过，就只剩下衰老的肉体躯壳，沉溺在无法消散的欲望和对青壮年时期的无尽缅怀中无法自拔，流连忘返于花街柳巷，变得令人厌恶至极。像「か行けば　人に厭はえ　かく行けば　人に憎まえ　老男は　かくのみならし」（手持拐杖齐腰间，去罢此处另寻欢。讨人嫌来遭人厌，老朽如斯话艰难），这样描写衰老后丑陋形象的和歌，怕也是绝无仅有了。

忆良先前描写衰老这一避不开的残酷话题时，往往使用第三人称，后期却不知不觉中转变成第一人称角度叙述。笔者也认同这种转变方式的存在，但仅凭这一点就认定王梵志是促使忆良描写衰老文学的领路人却显得过于莽撞了。

举例分析，王梵志描写衰老时写道："面皱黑发白，把杖入长道。眼中冷泪下，病多好时少。怨家乌枯眼，无眠天难晓。"（289）肉体衰竭的同时，久久难以入睡，只能睁大双眼，这一幕似有一种阴森之气涌来。死亡临近，手脚如生长在沙漠里的婆罗草一般骨节突起，发出咯咯声响。落于王梵志笔端的衰老就是这样的状态，近似于痴呆，甚至常常使用"老痴汉"（145）和"老愚痴"（280）这样轻蔑无礼的字眼来表现。

忆良形容八大苦为"易得难失的八大辛苦"（《哀世间过往》），"老"是其中之一。真的老了应该怎么办？随之而来的怕只有"想死的祈求"。

王梵志写道：

> 生时苦痛有，不如早死好。（5）

同样，忆良笔下也有：

月累ね　憂へ吟ひ　ことことは死ななと思へど

（卷5・897）

（月月愁苦病魔痛，奈何……）

術もなく苦しくあれば出で走り　去ななと思へど，

（卷5・899）

（痛苦难耐欲远走，奈何……）

诗人表达了早日涅槃的夙愿。

以上叙述了忆良和王梵志两位诗人间相似的语句、表现以及共通的思想。即便是与陶渊明作品对比，也难以找出这么多相似的地方，更不必提其他作家的作品了。

了解了语言、思想和文学形式等方面的相似之处后，便再难否定王梵志作品给予忆良创作中的影响了。但这种影响究竟是源于二人相遇，抑或是源于《王梵志诗集》，又或者只是源于街头巷尾的吟诵，目前仍无定论。

03

艳情小说的季节

―――――

说解《游仙窟》

长安西市的大道上，商铺鳞次栉比，驱车骑马的商旅、来自西域的驼队络绎不绝，推着独轮车或挑着扁担行商的市井小贩你来我往，街头巷角多见杂戏、幻术、胡旋舞，好一派热闹景象。

角落里有一群人安静地聆听着变文。唇色浓艳的异国女艺人，眉飞色舞、表情生动地表演"昭君出塞"的故事，说书人则在一旁向观众讲解。

据说《游仙窟》作为变文，在武则天时代就已经流传于街头巷尾，以山上忆良为代表的日本人对此颇感兴趣，将成本的

《游仙窟》带回到日本。

携金银珠宝购买《游仙窟》的遣唐使

中国史书上有载，山上忆良的上司、遣唐执节使粟田真人，曾收到过文武天皇的命令，要求购置书籍：

> 文武天皇大宝三年，当长安元年，遣粟田真人入唐求书籍，律师道慈求经。
>
> （《宋史·日本传》）

粟田等人到底都采购了哪些书籍呢？正仓院里收藏着附有"庆云四年（707）"抄写日期的《王勃诗序》，而初唐诗人王勃，28岁英年早逝于上元三年（676）。据此可推断其底本《王勃集》（30卷）应该是那个时期被带回到日本的。

山上忆良则带回了僧人王梵志的诗集，前文中曾有提及，忆良的作品《贫穷问答歌》就是因其中一首题为《贫穷田舍汉》的诗歌引发灵感创作出来的。此外，还有前文所提到的《游仙窟》。

《游仙窟》一书，是讲述汉代出使西域的张骞的后代在前往河源赴任途中，经过位于金城（今兰州）西南的积石山峡谷时邂逅仙女，风花雪月、一夜春情的艳情小说。

Ⅱ 长安城巷的声音　145

> 深谷带地，凿穿崖岸之形；高岭横天，刀削岗峦之势。
> 烟霞子细，泉石分明，实天上之灵奇，乃人间之妙绝。
> 目所不见，耳所不闻。

当地的老人称，"此乃神仙窟也"。

"神仙窟"坐落在通往天山、昆仑山的西行路上。南朝梁小说集《续齐谐记》①中刘晨与阮肇两位男子沿着山涧溯流而上时邂逅两位女子受到热情接待的神仙奇谈故事也发生在这个地方，内容与《游仙窟》的故事如出一辙。

《游仙窟》中有很多文汇用于描写男欢女爱的场面。也因如此，世人评价作者张文成"属文下笔辄成，浮艳少理致"。（《新唐书》）

并非只有忆良一人曾购得此书。唐朝史书中曾这样讽刺那些疲于在市井间奔走争相购买此书的外国人：

> 新罗、日本使至，必出金宝购其文。（《新唐书》）

《游仙窟》作者张文成曾七次参加科举。年轻时历任各县部长职位，是能够担任中央政府的式部官②和目付③等职位的人员之一。忆良入唐时，正值张文成担任督察官员不良行为的

---

① 《续齐谐记》：一本中国古代神话志怪小说集，作者是南朝梁吴均，共一卷。
② 式部官：负责与外国往来的相关事务。
③ 目付：监察，督察。

监察御史一职。

我认为忆良是在养老元年（717）回到日本的，也就是在那一年，他将《游仙窟》赠给大伴旅人看过。大伴家是外交世家，此前负责战略外交，当时担当和平外交重任。虽然大伴旅人非常憧憬国外，但未曾出使过唐朝。所以，于他而言，国外归来的忆良自然成了自己渴求已久的知识来源。大宰府期间，旅人之所以能够频繁地创作出富有异国风情的佳句，就是因为身旁常伴有筑前守忆良这样的部下。

大胆借用《游仙窟》

大海彼岸文人的情趣，影响着以之为憧憬对象的日本歌人。大伴旅人和山上忆良等创作了极具异国风情作品的歌人的出现，就是彼时大宰府歌坛的缩影。

天平二年（730）旅人在流经佐贺县东松浦郡浜玉町的玉岛川一带游玩时，一度将那里比作仙境，并意淫着自己与仙女恋爱，从而创作出诗歌《游松浦河作赠答歌二首并序》（卷5·853），并配有旅人与仙女的赠答歌内容。全篇作者是旅人还是忆良，又或者另有他人，至今尚无定论，但可以肯定的是，其内容和形式颇具《游仙窟》风格，构想亦源自《游仙窟》，序文中甚至直接引用了《游仙窟》的词句。就连文中意为"我"

Ⅱ 长安城巷的声音

的谦让语"下官"也是援引《游仙窟》中的词汇。序文中：

> 花の如き容双無く、光れる儀匹無し。柳の葉を眉の中に開き、桃の花を頬の上に発く。
>
> （如花颜无双，光华无可匹。柳叶眉上开，桃花颊中绽。）

这一描写，完全照搬了《游仙窟》中描写女主人公的诗句"翠柳开眉色，红桃乱脸新"。

忆良创作于天平五年（733）的《沈痾自哀文》（卷5）中，借用下文的形式直接引用了《游仙窟》中的语句。

> 遊仙窟に曰く、「九泉の下の人は、一銭だに値せじ」と言へり。
>
> （游仙窟曰：九泉下人，一文不值。）

豪放磊落的旅人，仿照《游仙窟》的思路，创作出与唐艳情小说别无二致的艳情作品。严肃认真的忆良，引用的则都是些不至于让人感觉到"浮艳"的词句。想来二人相互欣赏完对方的作品，该是面面相觑、哭笑不得的吧。

旅人的儿子家持应该也读过《游仙窟》，但他的创作方法却是最为实际。赠予其情妇坂上大娘的15首（卷4·741—755）恋歌之中好几首，家持都曾使用过《游仙窟》中的语句。

其中，第一首中就有：

夢の逢は苦しかりけり　覚きて掻き探れども手にも触れねば（卷4・741）

（梦中相逢苦不堪，梦醒探手空悠悠。）

这首和歌，乍看便知，改编自《游仙窟》中描写进入仙境的主人公初遇十娘，思念着十娘入睡之际突然惊醒的那一句，"则梦见十娘，惊觉揽之，忽然空手"。

紧接着，题为『貴女を思えばやせるこの身』（《思君日渐瘦》）中

一重のみ妹が結ばむ帯をすら　三重結ぶべく吾が身はなりぬ（卷4・742）

（妹曾结带一重缓，今结吾身三重宽。）

内容则很可能是援引《游仙窟》中"日日衣宽，朝朝带缓"一句。

同样，自江户时代的万叶学者契冲以来的和歌：

暮らさらば屋度開け設けて我れ待たむ　夢に相見に来むとふ人を（卷4・744）

（夜暮敞户心向往，梦里相见意中人。）

一直被认为是根据《游仙窟》中主人公赠予仙女诗中一节"今宵莫闭户，梦里向渠边"创作而成的。

再比如下面这首：

夜のほどろ出でつつ来らく遍多く　なれば吾が胸截ち焼くごとし。（卷4・755）

（夜来思君几多遍，心如刀割胸火烧。）

被认为是根据《游仙窟》中"未曾饮炭，肠热如烧；不忆吞刃，腹穿似割"创作而成。

家持创作的这些和歌，非常巧妙地将《游仙窟》中的诗句运用到自己的作品当中，创作方法独具特色，为人称道。要知道，家持之所以这么做，最初的目的就是要将自己从外来小说中获得的知识展示给自己情妇看，如同现在的年轻人常借用海涅的诗来倾诉爱情，想必坂上大娘也一定读过这本艳情小说。

受到追捧和遭蒙舍弃

就这样，唐代小说《游仙窟》借由遣唐使早早被带回到日本，受到万叶歌人们的追捧。而在它的故乡中国，情况却完全不同。《新唐书·艺文志》及《宋史·艺文志》中几乎寻不见它的名字，佳作就这样渐渐地从中国文学的历史中消失了，同收集了众多情诗的《玉台新咏》作品集一样，因为在故乡不被认可而销声匿迹。直到近千年之后的清朝末期，中国人才终于了解到此书的存在。

《游仙窟》使用的口语体，于日本人而言，晦涩难懂。但日本人并未因此而放弃挑战读解，难懂的语句多被收录在10世纪中叶的辞典《和名抄》中加以解释。《和名抄》被认为是为醍醐天皇的公主而作，因此可以说《游仙窟》同时受到了贵族女性们的喜爱。

那时候，如果不知道一两句《游仙窟》中倾诉绵绵恋情的歌句，根本无法在宫廷聚会、私人沙龙等场合与人交流。平安时代的贵族们，每逢宴会便会吟诵藤原公任所创《和汉朗咏集》①和藤原基俊所创《新撰朗咏集》②中记录《游仙窟》相关的艳情诗：

容貌似舅，潘安仁之外甥；气调如兄，崔季圭之小妹。
（《妓女》，见《和汉朗咏集》下卷）

可憎病鹊，夜半惊人；薄媚狂鸡，三更唱晓。（《恋》，
见《新撰朗咏集》下·杂）

---

① 《和汉朗咏集》：平安中期的诗文选集，由著名文人藤原公任编撰。
② 《新撰朗咏集》：由平安时代后期著名诗人藤原基俊编撰。

Ⅱ 长安城巷的声音

《游仙窟》中，主人公自年少时便开始醉心"声色"，"声"指的是歌舞，"色"即为女色，天生一副喜欢追随美女、流连风月场所的德性。这种性格让人想起在原业平[①]的好色，并容易由此产生莫名的亲近感。他浪漫、风流，迎合了日本王公贵族以及普通人的口味，成为日本人醉心阅读《游仙窟》的重要原因之一。当然，日本人喜欢《游仙窟》的原因远不止于此。

生活在奈良平安时代的日本人，不光是喜欢和歌，对和歌创作也同样抱有浓厚兴趣。这种倾向早在《古事记》中就有所记载，甚至可以说平安时代的《伊势物语》《大和物语》等歌物语[②]皆是因为这一兴趣才被创作出来的。为故事配上和歌，实际上就是为外来小说中的故事配上诗句。于日本人而言，《游仙窟》就等于是唐朝的歌物语。

与客观歌咏恋情、略显正统的艳诗不同，故事中的诗，作为出场人物内心的自我独白，更为贴近日本的恋歌，因此更容易为日本人所接受和认同。

故事中的仙境正处于丝绸之路，日本人对此兴奋不已，后文中将会重点论述这个问题。奈良平安时代的歌人们对中国的边塞诗颇感兴趣，尤其是对边塞的向往甚至超乎我们的

[①] 在原业平（825—880）：奈良时代的"六歌仙"之一，平安时代又被称为"三十六歌仙"之一。

[②] 歌物语：以和歌为主的物语。

想象。

万叶歌人们对于《游仙窟》《玉台新咏》的欣赏，绝非仅限于对作品中表达形式和华美辞藻的追捧，更对其精巧构思和丰富主题抱有极大的兴趣，旅人所创《游松浦河》[①]是其中典型的例证。

效仿彼岸的风流

旅人的弟弟大伴田主和石川女郎的故事，虽然不能确定是受了中国哪一部作品的影响，但其中与《游仙窟》《玉台新咏》等所描绘的世界确实存在很多相似的地方。

石川女郎喜欢「容姿佳麗しく風流秀絶れたり」（容姿佳丽、风流秀绝）的田主，「自ら雙栖の感を成して、恒に独り守ることの難しきを悲しび」（急切盼望两人互结连理，经常悲叹独守的艰难），于是，她扮成寒酸的老妇去田主家里借炭火。然而，事与愿违。

女郎作歌，赠予田主：

遊士と我は聞けるを宿貸さず / 我を還せりおその風

[①] 日文原题：『松浦河に遊ぶ』。

流士（卷2・126）

（听闻风流欲借宿，竟默还我归良田。）

田主回赠道：

遊士に我はありけり／宿貸さず還しし我そ風流士にはある（卷2・127）

（风流倜傥中有我，劝汝归宿真风流。）

旁注中频繁出现诸如"容姿佳丽风流秀绝""独守之难""双栖之感""冒隐之形""拘接之计"等唐代传奇小说中的语句，据此推断，其故事情节或也源于唐代的传奇小说。

装扮成寒酸老妇的女子，自称"东邻的贫女"，这一构思源于中国文学。中国文学中，浪漫的女子一般都居于男子的东面。《玉台新咏》序文中，称美女为"东邻巧笑"，卷六中，徐悱向"东家"而望，期许爱情。《文选》宋玉所创《好色赋》，美女被唤作"东家之子""邻家之女"。司马相如《美人赋》中也有"臣东邻有一女子"的文字。石川女郎自称"东邻之女"，是想让田主知道屋外这个贫弱的老妇实际上是一位年轻貌美的女子。

无论是在歌中还是注解中，"风流"一词被频繁使用，表现出这首和歌的作者对"风流"一词的钟爱。汉语中"风流"

本义为"对事风流不羁，自由奔放"，自六朝后期开始，诗歌中好色艳情的意味渐渐浓郁起来。仅《玉台新咏》中用于表示好色艳情之意的"风流"词汇，已有六例之多。

例如：

佳丽尽关情，风流最有名。

等，指女子的妖艳。特别是在序言中，有这样一句话：

（那俪人）风流婉约，异西施之被教。

此话于序言中出现，更有引人入胜的效果。"风流婉约"指"妖艳妩媚"，意为"这女子的娇美，不同于越国美女西施的端庄，妖艳而妩媚"。

《游仙窟》中，主人公给十娘的情书开篇有这样一段话：

余以少娱声色，早慕佳期，历访风流，遍游天下。

这里的"风流"指的是妩媚动人的女子居住的地方。

收录于《万叶集》中田主和石川女郎的浪漫故事，重现了从六朝到唐朝《游仙窟》等传奇小说以及《玉台新咏》中艳情诗中描绘的风流世界。

受神佛保佑之《游仙窟》东传

《游仙窟》在日本，不但没有被视为恶俗文学，有神授传说显示，京都太秦的木岛明神①甚至将其传授给嵯峨天皇时代的学者，村上天皇时代也曾由明神传授训读法等。

木岛明神之所以被称作「元糺」，正是因为纠正古书起源，改正错误训读的功劳。

现存的《游仙窟》古写本，珍存于京都醍醐寺三宝院和名古屋真福寺宝生院中。其尾记中有载，真福寺藏本书写于加贺国②大日寺的学所③内。试想，就连远离都城偏远之地的寺院都保存着《游仙窟》写本，可见该书在日本是多么的受欢迎。

《游仙窟》流传至今，堪称是受到了神佛的保佑。

为慎重起见，还需说明一点，正因为作为佛典训读的参考书被广泛收藏，此书方得以在寺院间流传。至于读后到底做何感想，则纯属个人感性的范畴了。

---

① 木岛明神：鸟居。
② 加贺国：现在的石川县南部。
③ 学所：学习的地方。

04

日中边塞人的怨叹

大唐的战争诗

《沧浪诗话》作者南宋严羽在提及唐诗的题材时曾说,"唐人好诗,多是征戍、迁谪、行旅、离别之作,往往能感动激发人意。"这里,"征戍"的说法被第一次提了出来。如果说文学的第一要务是描绘极限状况的人物,那战争便是最具代表性的极限了。

到了唐代,战争题材的诗显著增多,正因为唐朝对边境政策的重视,使得诗人们的视野得到了相应拓展。事实上,出征边塞或去边塞旅行的诗人人数明显增加。

初唐时期,正值国家开疆拓土之际,加之民族战争激发了爱国热情，比起以往的借诗成名，更多的诗人倾向以"出世为将军，入世为宰相"为志向，欲借边塞立功，进而出人头地。

因此，出现了如魏徵《述怀·出关》类歌颂"弃笔从戎""慷慨志犹存""人生感意气"的战斗诗和骆宾王这样极具爱国情怀的诗人，雄健气概不输其的杨炯等诗人亦得以崭露头角。

持"以武力开疆拓土"核心政治思想的唐太宗本人就是一位战斗诗创作诗人。因为迎合这种环境，初唐奉和诗[①]中，有很多战斗诗诗作。创作战斗诗，容易被世人认可，进而迅速成名。战意高昂、立身出世，文学为政治服务，这是最能体现彼时中国文学观的一种现象。

但实际上，与突厥作战而死的诗人来济的诗只残留了一首《出玉关》，其中一句"今日流沙外，垂涕念生还"感人肺腑。尤其不可忽略的是，两次参加边塞战争的陈子昂，在创作战斗诗的同时，也曾创作出揭示国家政治弊端的厌战诗，咏叹战争的残酷与军民的困苦。沈佺期是由闺怨诗转型厌战诗创作的代表性人物。

---

① 奉和诗：谓作诗词与别人相唱和。

大唐的战乱年代

唐代的对外扩张战略开始于高宗、太宗时代。趁突厥混乱之际进攻西域，至玄宗时又展开了与吐蕃、大食的战争。

特别是与玄宗时代最强对手吐蕃之间的武力冲突，早在7世纪中期的高宗时代就已经开始。玄宗时代的战乱，始于唐开元二年（714）与契丹的战争，重复着与吐蕃或者突厥的攻守拉锯战或冷战对峙，这种状况一直持续到天宝十一载（752）石国（塔什干）塔拉斯河战役[①]，前后历时达38年之久。

爆发于天宝十一载（752）与阿拔斯王朝（黑衣大食）之间的塔拉斯河战役，是伊斯兰国家与唐帝国两大势力的正面冲突。但因天宝八载（749）、九载（750）与吐蕃交战，天宝十载（751）攻打南诏、契丹，军事层面疲态尽显的唐帝国终于在塔拉斯河战役中落败。萨拉森[②]史书《伊本·艾赛尔史记》中有杀唐军5万、掳获2万的记载。

同年，唐帝国在云南战败，8万士兵折损了6万。"万里长征战，三军尽衰老"，李白《战城南》中诗句描写的就是这

[①] 塔拉斯河战役：公元752年发生于塔拉斯河的一场大战，交战双方是中国唐朝和阿拉伯帝国（黑衣大食），被称作是历史上最强大帝国间的战役，又叫怛罗斯战役。
[②] 萨拉森：对古代的阿拉伯人的称呼。

个时代：

> 去年战桑干源，今年战葱河道。洗兵条支海上波，放马天山雪中草。

虽说桑干河绕北京周边向东流去，但追其源头，却远在长城之外。

今日的北京是中国第一大城市，在当时却也只是塞外之地，粟特等少数民族聚居的地方。唐天宝元年（742），长城的源头附近爆发了唐与北方突厥族的战争。天宝六载（747），自帕米尔高原绵延至今新疆维吾尔自治区的葱岭河附近，爆发了唐与吐蕃的战争。

《史记》卷一百二十三《大宛列传》中有"条枝在安息西数千里，临西海"的记录，当时士兵洗兵器的地方被称作"条支海"。战争波及叙利亚等周边国家，西临地中海。虽说其他史料并没有在地中海洗兵器的历史记录，但针对天宝十载（751）遥远的西方塔拉斯河流域的战争，唐朝诗人之所以能写出这样的诗句，也算是赤裸裸地受到去地中海洗兵器这一欲望的驱使。鉴于诗中没有写到塔拉斯河战败，推测这可能是创作于派兵阶段的作品。

在塔拉斯河战役中失败的高仙芝，曾因在与吐蕃的战争中军功显赫，被任命为安西节度使，《资治通鉴》有载，天宝七载（748），边境军事司令的10名节度使旗下的士兵，多达487000人之众。

唐开元十一年（723），政府废除了自北朝以来奉行的府兵制，改以募兵为主。然而，于普通百姓而言，他们所承受的战争苦难却没有改变分毫，部分府兵被派往边关，不再沿用"戍边人"这个称呼，可实际上境遇同此前没有任何不同，这是由50万士兵及其身后留守家庭参演的历史悲剧，也因此出现了越来越多的戍边人的思乡诗、看家妻子的闺怨诗、普通民众的厌战诗。

厌战诗的盛行

初唐以来的战事纷扰令百姓厌倦不堪，也因此盛唐时战争诗具有明显的厌战倾向，同时边塞诗迎来了黄金时代。

甚至科举考试中，也出现了以《出塞》为题的边塞诗，这一点由沈佺期《被试出塞》的诗题便可以得到验证。沈佺期进士科及第是在唐高宗上元二年（675），虽然无法论证题目是当年的，还是之前考试中提及的，但至少说明边塞诗依然是初唐时的科学考试重要的题目之一。《被试出塞》中诗句：

十年通大漠，万里出长平。

寒日生戈剑，阴云拂旆旌。

饥乌啼旧垒，疲马恋空城。

辛苦皋兰北，胡霜损汉兵。

虽说诗中描写的是卫青、霍去病攻打匈奴的历史，披露的却是当时苦难的行伍将士们。出长平关，于皋兰山以北的沙漠苦苦作战10年，日光凛冽，刀剑寒光，狂风卷着战旗似乌云翻腾不息。饥饿的乌鸦、疲倦的战马，士兵们在塞外异域的冰天雪地中煎熬冻伤不止。虽说是应试之作，沈佺期的这首诗至少说明了厌战诗是边塞诗极具代表性的形态之一。

事实上，汉代边塞诗的杰作中有很多都是厌战诗。

路有饥妇人，抱子弃草间。（汉·王粲《七哀诗三首·其一》）

边城多健少，内舍多寡妇。（陈琳《饮马长城窟行》）

唐诗中也有相关作品：

秦时明月汉时关，万里长征人未还。（王昌龄《出塞二首·其一》）

葡萄美酒夜光杯，（中略）古来征战几人回。（王翰《凉州词二首·其一》）

北海阴风动地来,(中略)髑髅皆是长城卒,日暮沙场飞作灰。(常建《塞下曲四首·其二》)

胡笳一曲断人肠,座上相看泪如雨。(岑参《酒泉太守席上醉后作》)

长安一片月,万户捣衣声。(中略)何日平胡虏,良人罢远征。(李白《子夜吴歌·秋歌》)

归来头白还戍边。(中略)天阴雨湿声啾啾。(杜甫《兵车行》)

针对盛唐末期杜甫诗作对奈良时代文学影响的讨论尚无定论,但要知道,诗圣一生1000多首作品中,仅战争诗就达250首之多。

唐代边塞诗作者中,亲临边塞、亲赴战场的人并不多。几乎所有的盛唐诗人都曾被卷入安史之乱,真正拥有戍边参战经历的也就只有骆宾王、李峤、张说、来济、陈子昂、高适、岑参、王维等人。而于他们而言,战争未必都是悲惨的,更多的是实现个人理想抱负的绝好机会。个人以获取功名为目的去从军,所创作的诗作自然是翻涌澎湃着勇武之气,这也充分反映了作者建功立业的志向和保家卫国的情怀。

正是因为这些著名诗人多是被赋予了相对较高的职权,而并非只是以寻常士兵的身份参战，所以直至他们吟咏其他事物时，才开始意识到底层士兵的苦难及其背后家庭的悲哀。

而那些不识字、不懂读写、更不懂得创作的普通士兵，则没有留下任何声音。

大唐动乱中的遣唐使

初唐至盛唐期间虽动乱不止，却也有相对稳定的时候，或许日本就是选准了这一时间段积极地向大唐派遣遣唐使。

因为吐蕃向唐朝求和，自唐开元五年（717，养老元年）开始大约10年时间，大唐处于稳定状态。阿倍仲麻吕等第八批遣唐使正是养老元年（717）三月出发，次年十月回国的。

接下来第九批遣唐使的出使活动，自天平五年（733）开始，天平六年（734）结束，时值开元十八年（730，天平二年）吐蕃、契丹联军战败与唐朝缔约和平，领土问题亦达成协议，之后一直到开元二十四年（736，天平八年），大唐与吐蕃、契丹之间一直保持着和平外交。

第十批遣唐使来唐时间是天平胜宝四年（752，天宝十一载）。之前一年的塔拉斯河战役中，唐军战败。

唐玄宗的外交战略弊端显露，平民百姓怨声载道，厌战诗作频出，充斥街头巷尾。窥探到唐帝国的实际情况，第十批遣唐使于天平胜宝五年（753，天宝十二载）十一月踏上归途。

在此期间，日本人对塔拉斯河战败和安南①征战死伤数万的消息虽有所耳闻，却都没有目睹安史之乱后的衰败景象，所以对唐帝国的敬意未曾消减。

效仿唐玄宗将天宝三年（744，天平十六年）改为"天宝三载"，圣武天皇将天平胜宝七年（755）改为天平胜宝七岁。唐朝和日本年号改制期间，官方正统途径来唐的只有第十批遣唐使，或许也正是因了他们的建言，日本才没有失去对唐朝的敬意。但唐帝国军事力量已经没有了往日雄风，日本人应该是了解这个情况的。

遣唐使们于十一月十五日乘四艘船自苏州出港，刚一出外海就遭遇到暴风雨的袭击，大使藤原清河②与阿倍仲麻吕所乘之船没能回到日本。

遣唐使判官正六位上③布势人主④所乘的第四艘船漂到了萨摩国，他们历时五个月才最终回到日本。消息自大宰府报回到都城已是第二年（天平胜宝六年，754）四月十八日的事了。

---

① 安南：越南古称，包括今广西一带。
② 藤原清河：第十一次遣唐使大使，天平胜宝二年（750）九月入唐。
③ 正六位上：为日本官阶与神阶的一种。位于从五位之下从六位之上。勋等为勋五等，功级为功五级。
④ 布势人主：公元764年任上总国（今千叶一带）国司。

Ⅱ 长安城巷的声音

人主当年何时入京无据可考，七月被任命为从五位下①，已经算是特例，随即又很快被任命为骏河守②。考虑到前任骏河守是在任期中被强行替换，一定层面上折射出当时对人主的提拔力度。在这个职位上，人主一直任职到天平宝字三年（759）五月，转为右少办。

成为戍边部领使的遣唐使判官布势人主

大化二年（646）正月，在以与唐朝和新罗的战争——白江口之战③战败为契机进行的大化改新后，诏文中首次出现"防人"（戍边人）这个称呼。"天智三年（663）二月"条中有「是の歳、対馬島、壹岐島、筑紫国に防人と烽を置く。」（今年，于对马岛、壹岐岛、筑紫国设置防人和烽火）的记载。

「崎守」所对应的汉语词汇"防人"，是应用了唐朝府兵制度中的名称。大约在布势人主渡唐之前五年，唐朝府兵制度瓦解，随即"防人"的名称也消失了，但人主回国时，日本仍在盛行防人制。

与当初唐帝国遭遇的情形一样，防人制在日本也难免存在

---

① 从五位下：以古代的日本位阶制度来说，从五位以上者为"通贵"（就是被认可为贵族）。华族（贵族）嫡男一般一上来就授以从五位。
② 骏河：现日本静冈县中部及东北部。
③ 白江口之战：指的是公元663年八月二十七日至八月二十八日，唐朝、新罗联军与倭国、百济联军于白江口（今韩国锦江入海口）发生的一次水战。

很多问题，因此一直维持初期的制度是非常困难的。

自平安朝天长三年（826）的防人军制颁布，直至被富裕家庭子弟定向选派的选士制取代而消失，这一制度历经多次调整，最终也只有"防人"的名称被继承下来了。

防人军制的调整，主要指东国关于农民征兵的废止和恢复：

天平二年（730）九月，诸国的防人中止。（"诸国"指的是东国，还是紫筑以外的国家，尚无定论）

天平九年（737）以前，恢复东国防人。[根据天平十年（738）骏河国正税账]

天平宝字元年（757）闰八月，东国的防人中止。（充作西海道七国的士兵）

下文为天平宝字元年闰八月二十七日的诏书：

> 大宰府之防人，顷年，差遣坂东诸国之兵士，由是，路次之国，皆苦于供给，防人之产业亦难辨济。[1]

曾在唐帝国防人制度濒临瓦解时置身唐朝的人主，回国后以日本防人征兵国的骏河国太守身份赴任，任期自天平胜宝六年（754）至天平宝字三年（759），此间正赶上废除东国农民征兵制。

---

[1] 见《续日本纪》卷第二十孝言兼天皇起天平宝字元年正月尽同二年七月。

Ⅱ 长安城巷的声音

东国太守的任务就是征集防人,并派遣其到诸如摄津国[①]一类苦寒之地。天平胜宝七岁(755)人主兼任防人部领使,见证了东国防人最后的征发,得以在《万叶集》中作为防人歌收集者被记载在册。

(天平胜宝七岁)二月七日,骏河国防人部领使从五位下布势朝臣人主献和歌20首,但因作品过于拙劣没有被记录在案。也有一说实际献上时间是二月九日。(卷20·4346左注)

目睹唐帝国防人制度失败的人主,自唐归国后又亲身经历了重用提拔、前任官员任期途中被替换,被派遣到东国身居防人部领使高位,尝试收集防人歌落选,在任期内东国防人制度被废止等一系列变故。

在唐朝,包括防人制在内的府兵制度之所以会瓦解,主要原因是"役无军府重役"[收录于《资治通鉴》玄宗开元八年(720)的诏书],因为征兵制导致农民百姓生活困窘,防人制度在日本呈现出与唐帝国同样的末期症状。

通晓中国防人制废除始末且身居要职的有识之士如人主等,应该是可以预见到防人制在日本终将被废除的结局的吧。尽管于日本而言,唐帝国依然是有威胁的存在,确实有必要采取一些对应之策,但唐帝国因自身对外战乱频繁,国力疲

---

① 摄津国:日本古代的律令制国之一。摄津国的领域大约包含现在的大阪市(鹤见区、生野区、平野区、东住吉区各区的一部分除外)、堺市的北部、北摄地域、神户市的须磨区以东(北区淡河町除外)。

态尽显、百姓怨声载道，相比外交战略更注重着眼于充实内政，其军事力量已经不再具有足够的威胁。

但是从另一个角度分析，正因为唐帝国国内政治混乱，使得不再依附于唐帝国的新罗国得以喘息，强化军备，渐渐成为日本的新威胁。所以，日本国内不再固执于效率低下、怨声载道，各个方面均已疲态尽显的东国防人制，转而商讨将其替换成服役容易，且动机性强的西海道[①]七国募兵政策。

与此同时，借由西国警备重点迁移政策，东北的虾夷[②]也开始蠢蠢欲动起来。

为修理陆奥[③]城栅，兴多东国之力役。[《续本日记》"天平神护二年（766）四月七日"条]

按照诏令，日本需要东国壮丁应对虾夷，但对复活东国防人的请求却给出否定的意见。

或许正是出于这个原因，彼时已位居高位的人主又被任命为防人部领使，以调查东国防人制的实际状况，判断是否应该保留。"部领"一词，出现在《军防令》第二十条中，率领士

---

① 西海道：日本古代律令制国家行政区划五畿七道之一，指今九州地区。
② 虾夷：北海道的古称。而虾夷人则是古代日本的族群之一。根据其地理分布分为东虾夷、西虾夷、渡岛虾夷、渡觉虾夷等。虾夷是指他们毛发长如虾须。
③ 陆奥国：日本古代的律令制国之一。其领域大约包含今日的福岛县、宫城县、岩手县、青森县、秋田县东北的鹿角市与小坂町。

兵的意思。作为防人部领使，从东国到摄津国，人主得以直接接触士兵及其家人，了解沿途各国的现实苦难。这一经历对于防人歌的收集，以及防人制对东国农民产生的影响等的如实上报，有着深远意义。

收集防人歌之动机

根据川口常孝氏的研究，针对防人歌创作条件及历史背景的分析，分为官方动机说和半官方动机说。前者认为防人歌是从属于宫廷或者大王的事业，有专人负责收集作品并献上；后者则认为其只是作为兵部省计划的一部分。

> ふたほがみ悪しけ人なりあた病　わがする時に防人にさす　上丁　大伴部広成（卷20・4382）
>
> （性恶之人无心肺，明知吾病逼守防。）
>
> わが家ろに行かも人もが草枕　旅に苦しと告げやらまくも　大伴部节麻吕（卷20・4406）
>
> （若有谁人去我家，旅途之苦充家书。）

研究这些学说的川口，通过分析以上两首和歌判断，"这样的题材于朝政而言是有悖伦理的，之所以数量虽少却顺理成章，是因为制度化方式收集防人歌，并非官方所为"。认为"家持（往大了说是兵部省）才是防人歌的收集者",并提出自己的见解"防人歌等同于家持防人歌"。

即使这两首和歌中充满了怨言,但是否就如川口所说,是对体制提出的严厉批判呢?虽然针对「ふたほがみ」(性恶)到底是指定防人的人还是管理者尚无定论,通读"他这个坏家伙,我明明病着,还要我做防人"后感觉,责备的矛头并没有直接指向体制或者防人制度,而是歌中"他"这个人。

防人分为上丁、丁、助丁等阶层,作者大伴部广成是"上丁"。其实,针对"上丁"的词义也没有定论。岸俊男曾提出"上丁就是担任执勤或者监视的防人,防人不管有无特定的称呼,全都是普通的防人",但因为还有"丁"和"助丁"说法的存在,我仍然坚持认为这些称呼能够区分防人阶层。上丁应该是管理一般防人的人,虽未明确,但至少应该拥有编入体制的资格。与专注抗议的普通防人不同,他们偶尔可以感受到些许宽松的气氛,言行举止间偶有戏谑的成分。

就以前文中后一首和歌中"旅途之苦充家书"一句举例,其苦痛的程度,甚至体制一侧的家持也作歌吟诵。

遥々に　别れし来れば　思ふそら　安くもあらず
恋ふるそら　苦しきものを（中略）家に告げこそ（卷
20・4408）

（离家旅途路漫漫,思乡之情难平息。恋恋不舍妻

Ⅱ 长安城巷的声音　171

之爱，欲与家人抒情怀。)

为了避免误解，在此略做说明，笔者绝非认为东国农民对被征召戍边一事没有怨言，只是不赞成因为这些歌是批判体制的，按道理不应该被官方组织收录，所以认定收录的行为绝非官方所为，或者说认定是半官方甚至只是私人行为的说法。

家持也直白地以「防人の別を悲しぶる心を痛みて作れる歌」（为防人的离别而悲伤的痛心之作）（卷20·4331—4333）和「防人の別を悲しぶる情を陳べたる歌」（为防人的离别而痛心的陈情之作）（卷20·4408—4412）为题来吟唱。如果说这些和歌背后都涉及官方作为的话，无论是『ふたほがみ』（《性恶》）这首歌，还是『わが家ろに』（《吾家》）这首歌，都应该受到推崇才对。

第14卷也有5首防人歌（3567—3571），但与第20卷的166首相比较可知，其收集的初衷和性质，完全是不一样的。

前者除了作者姓名之外，其他什么都没有，收集者感兴趣的不是和歌的作者，而是和歌本身，注意力也只放在和歌上面，防人身上也没有体现出有任何与官方存在联系的迹象。

后者则不同，每一首歌都明确标有作者的出生地、官位和姓名，并被汇总献上，详细记录献歌人的防人部领使姓名、官位，日期，献上的和歌数目等，以公文文书罗列必要事项，记录在案备查。给人的感觉仿佛是为了明确每一首和歌的责任所在，不但和歌作者要正式地签名画押，就连负责收集的人也要签名画押。

这些歌都是由各国防人部领使向兵部少辅家持提交的，如果只是个人行为的话，有必要如此正式、详细地登记吗？与第14卷的《往年的防人歌》①、《与往年相交替的防人歌》②等同样归纳到"防人之歌"中汇总就好了。

由此推论，防人歌的采集毋庸置疑是官方的意图。如果是这样，我们就不得不承认防人歌集的存在了。

根据第20卷中家持的记载，我们可以深入了解到一些关于防人歌集相关的事情。记载中提到拙劣的和歌不被录用，可见收集过程中也曾有很多粗制滥造的和歌出现。

如前文所述，官方采集防人歌的目的主要是了解防人制度的弊端以及防人制对东国农民产生的影响，一定层面上具有调查报告的意义。

正是在人主回国的那一年，家持被任命为管理防人的兵部少辅。人主献上防人歌，东国防人废止，也都发生在家持于兵部省任期之内。在与新罗关系逐渐紧张的情况下，家持作为兵部少辅前往山阴道③巡查，分明就是沿岸视察，以确认彼时疲

---

① 日文原题：『昔年の防人の歌』。
② 日文原题：『昔年の相替りし防人の歌』。
③ 山阴道：日本古代律令制国家行政区划五畿七道之一，位于本州沿日本海一侧西部。

惫不堪的东国防人制度能否担当起防备重任。

结果，东国防人废止，改由西海道七国的士兵守边，一定程度上缓解了东国防人的疲乏现状，间接又使得需要征兵时轮流招募变得更容易，机动性也随之增强。可见，废除东国防人制并非简单缩减军备，而是有意针对新罗和唐朝的军备整编。

帝王采诗而知风俗

虽然关于家持、人主等人是否有意收集防人歌尚无定论，但从结果上来看，了解东国农民的想法、撤销东国防人的做法，与中国古代周朝为了知晓风俗民意而设置的采诗官[①]制度有异曲同工之妙。

采诗官貌似是周朝才有的官职，历史上也只出现过一次，《汉书·艺文志》《汉书·食货志》《礼记·王制》中均有所记载。《白氏文集·新乐府》中载有以《采诗官》为题的诗，唐朝杜甫等人的诗中偶尔也有如"采诗""采国风""采谣""采诗官"等词汇出现。《史记·周本纪》中记载了听从天子的命令，向公卿乃至烈士献诗。甚至于藤原道长的《读史记赋周本纪》中也有关于采诗官的语句。采官诗制度，作为王道政治象征之一，一定给日本人留下了鲜明的记忆。《古今集》序中说道：

---

① 采诗官：周朝设有专门的采集诗歌的官员。

古天子，每良辰美景，诏侍臣预宴筵者献和歌。君臣之情，由斯可见，贤愚之性，于是相分。所以随民之欲，择士之才也。（真名序）

古天子，每当春花之晨、秋月之夜，即诏群臣，逢事兴题，敕献和歌。或风花于陌地之迷途，或思月于无道之暗夜，见其众心所至，则贤愚之性，于是相分。（假名序）

针对防人歌的采集应该也是一种有意识的行为。

在此，笔者是以人物为线索，将必然走向瓦解的唐朝防人制度和日本东国防人制度放在一起，借以分析家持、人主等人采集防人歌是否与官方作为有关，力求将防人歌的采集置于这些焦点之上审视。

防人歌与边塞诗

防人歌与唐朝的边塞诗、战争诗类似，但两者之间存在一定差距。边塞诗中的哀怨之声正是防人制度瓦解的原因，无论唐朝还是日本，并无明显不同，但唐朝除却少数拥有边塞旅行或者边境作战经历的诗人的作品外，多数边塞诗都是些与边境没有关联的诗人们创作出来的，并非戍边士兵发自内心的流露。

如家持的短歌：

追ひて、防人の別を悲しぶる心を痛みて作れる歌一首併せて短歌（卷20・4331题词）

（追忆 为防人的离别而悲伤心痛并作短歌一首）

防人の情と為りて思を陳べて作れる歌一首併せて短歌（卷20・4398题词）

（讲述防人的离别之情和思念并作短歌一首）

防人の別を悲しぶる情を陳べたる歌一首併せて短歌（卷20・4408题词）

（讲述防人离别的痛心之情并作短歌一首）

此外，还有3首（卷20・4334-4336）。

笔者推测家持创作中应该模仿了唐朝的边塞诗的想法或许有些大胆，可以从《从边塞到中国的大伴家持》一文中了解一二。

当然，针对防人歌整个情况的研究目前尚无结论，只是据相关记载大致了解到实行防人制期间的确存在防人歌的创作与采集，但是有计划的采集工作除了天平胜宝七岁（755）之外就没有再进行了。了解到这一点，具有十分重要的意义。

哪怕只是在历史上昙花一现般的存在过，见证了唐帝国军事失败的第十批遣唐使们回国、布势人主被派往东国担任防人部领使、防人歌采集、歌中边塞诗要素、东国防人制瓦解以及最后兵部少辅家持的贡献，还原这些历史事件并找寻彼此间联系的纽带做线性研究，这便是防人歌收集作业的意义。

05

三者之不同的文化冲击

远渡重洋、只身接触异域文化并接受强烈的文化冲击，在媒体不甚发达的古代，山上忆良曾面对的困境远比我们想象的大得多。传统的观点认为其经世济民、佛儒道的伦理、无常观等思辨性浓厚的硬派文学的诞生，是从文献中摄取的。那么为什么其他万叶歌人不能跟他一样成长为硬派歌人呢？

我认为忆良是因为置身长安，切身经历了唐王朝华丽文化背景下府兵制、租庸调制引起的民间疾苦，窥探到唐王朝的阴暗面，加之受到王梵志诗歌的影响，最终完成蜕变，成长为硬派歌人的。然而，到底山上忆良只是受了诗歌影响，还是原本就与王梵志相识，这一点已不得而知。笔者认为，虽然并没有留下忆良关于防人方面的和歌，但借由《折杨柳》《关山月》

等已唱出了戍边将士们的哀鸣，又通过与特别专注于描写远嫁他乡女人悲哀的弁正的交流，他一定是受到了这方面的影响，甚至我们完全可以想象忆良和弁正于长安街头聚精会神聆听柳眉红唇的番女讲述"昭君出塞"的情景。

尽管憧憬大唐之都，但饱含对故土日本思恋之情的忆良创作了和歌『いざ子ども早く日本へ』（《诸君早启归日本》），弁正则创作了和歌『長恨長安に苦しむ』（《长恨苦长安》）。最终，忆良得以回国，可弁正却没有，或许再也回不去了，没有成为"舞姬"中的丰太郎。

据说《游仙窟》曾在长安的巷子里广为流传。忆良等人不惜忍受唐朝人的嘲笑，将其购回日本，后来甚至对《万叶集》产生了深远的影响，直至今天。或许他们也一同带回了《游仙窟》以外的其他艳情小说，平安时代的"歌物语"的诞生都与之有莫大的渊源。

接触到大唐阴暗面的遣唐使并非只有忆良一人，大国意识下发动的武力征讨西域的征兵制度，使百姓饱受疾苦。遣唐使们应该目睹了塔拉斯战役兵败后的大唐。因此，我们不能忽视作为遣唐使一员的布势人主被任命为防人部主管后采集防人歌的史实。唯有关注中日防人歌之间的共性，方能理解《万叶集》里防人歌的内容。

忆良、弁正、人主三人，都成功地将遭受到的文化冲击化作文学创作的灵感。

忆良回国后,被任命为筑前守,与大宰师大伴旅人交往甚密,曾向大伴旅人传授大海彼岸的知识,旅人据此创作了自比"竹林七贤"的《赞酒歌》,奇幻小说般的《梧桐日本琴的歌》,富有唐朝宫廷韵味的《梅花宴之歌》,还有改编自《游仙窟》里的《游于松浦河赠歌》等作品。忆良的文学理念为旅人所接受。

家持是旅人的儿子,其口中"山柿之门"中的"山"到底是指山部赤人还是山上忆良?笔者更倾向于山上忆良。之所以这么说,是因为家持诗里满溢着浓郁的大唐色彩。

自忆良,经旅人,再到家持,唐朝文学得以在日本传播。在下一个章节中,笔者将在此观点基础上,考量家持的文学。

大伴家持在边塞之国
——越中

III

01

国际化氛围中的大伴家持

大伴家持的国际化色彩

家持在国际化的时空中穿越。

奈良时代是古代日本最为国际化的时代,当时奈良的平城京也是日本国际化程度最高的城市。

不仅仅是家持生活的那个时代,整个大伴家族的家族史都贯穿着明显的国际化色彩。位于河内[①]宽宏寺的,埋葬着大伴家将士的古坟群和位于大和筑坂邑附近、与大伴家族颇具渊源的千冢古坟群,都曾出土过源自亚欧大陆游牧民族的金银装饰品以及源自古罗马的玻璃制品。

---

① 河内:古代日本的国名,位于京畿地区。

根据江上波夫"游牧民族征服王朝"的理论，大和王朝的祖先来自中国东北地区的夫余一脉，他们先是在朝鲜半岛建立了以扶余为都城的百济，而后一路南下，行至日本列岛。虽然这一学说目前仍存有争议，但不可否认的是，大和王朝的诞生受到来自游牧民族的深远影响。

大伴家族继承自大连（omuraji）。"连"源于朝鲜语"mura"一词。大伴家族很可能是古时经由朝鲜半岛来到日本的游牧民族中一支担当某项职能的团体。《日本书纪》第四章描写天孙降临时，就以琼琼杵尊[1]的先导者"大伴连之远祖天忍日命"举例。天忍日命完全是一副将士的模样：

> 背負天磐靫[2]、臂著稜威高柄、手捉天梔弓、天羽羽矢、副持八目鳴鏑、又帶頭槌劍。
> （背上背着坚固的靫，臂上挂着射箭用的圣洁的皮套，手上拿着黄栌木头做的弓和八歧大蛇模样的箭，配着带镝的箭头。）

大伴家族担负的职能是外交战略。5世纪到7世纪的异国战场上都曾出现过大伴一族的身影。大伴谈[3]战死于新罗战

---

[1] 琼琼杵尊：是日本神话中的一位神祇，据说是神武天皇的曾祖父。
[2] 靫：装箭的袋子。
[3] 大伴谈：日本古代将军，姓连，大伴室屋之子，大伴金村之父。

184　丝绸之路与《万叶集》的诞生

争①，大伴咋子②和狭手彦③渡海亲赴任那④的战场。据说当年狭手彦甚至已攻入了高句丽平壤的宫殿并带回大量宝藏。大伴家族的家训之所以以「海行かば水漬く屍」（如若海上行，死尸漫水中）开头，就是因为他们的家族拥有惯于海战的传统。

同为外交窗口，大宰府和大伴家族间也有着很深的渊源。6世纪中叶，大伴金村⑤为了巩固任那边防，曾派遣长子磐⑥去筑紫，并于博多的海岸沿线设立兵站。后来，由太宰府出面将这种方式制度化，并承担起接待外国使节的任务，帅⑦安麻吕、旅人和少式⑧家持，大伴家祖孙三代都曾出任过相关职务。

家持身边很多人都曾接受过异国文化的熏陶。山上忆良是家持父亲旅人的文学之友，想来与年少的家持是相互认识的。

另外，曾有一位来自新罗的尼姑借住在家持祖父安麻吕家中直至家持20岁左右时过世，想必在此期间，家持对异国文化的理解多少也受到此人的影响。

---

① 新罗战争(670—676)，是新罗统一三国之际，唐朝新罗两国为争夺对百济和高句丽故地的统治权而爆发的七年战争。
② 大伴咋子：日本宣化天皇时期的名臣，大伴金村之子。
③ 狭手彦：日本宣化天皇时期的名臣，大伴金村之子。
④ 任那：被认为是古代存在于朝鲜半岛南部的日本统治机构。
⑤ 大伴金村：生卒年不详，活跃于5世纪后半期到6世纪前半期的日本豪族(大连)。大伴室屋之孙，大伴谈之子。
⑥ 磐：大伴金村的长子，最早在博多建兵站的人。
⑦ 帅：太宰府的长官，相当于从三位的官职。
⑧ 少式：副官。

在天平十八年（746）举行的雪御宴上，家持与秦忌寸朝元并排而坐，后者生于唐朝，其父弁正亡于大唐，其母则为唐朝女子。

可见，周围这些人的存在，对家持的影响是很大的，又何况大伴家族中还先后有很多人出任过遣唐使、遣渤海使和遣新罗使。

家持本人也曾担任过地方官、少纳言[①]等实务性很强的官职。他学识渊博，颇具教养，由其创作的和歌推测，家持手中藏书至少包括法律典籍《唐律》[②]，文书写作规范《杜家立成》[③]和律例规定官僚必修的《文选》《诗经》《论语》以及诗书《诗品》《文心雕龙》，汉诗集《玉台新咏》《谢康乐集》[④]等，甚至还有之前多次提到的小说《游仙窟》。可以说，家持诗歌创作的灵感多来自外国书籍中获取的知识。

家持多愁善感的青春年华是在越中度过的，这段生活经历让热切关注大海彼岸的他目光变得尤其敏锐。越中，位于北国，如一座前沿哨所，承担着大和朝廷对东北虾夷防卫的重任。这

[①] 少纳言：从五位上，最初担任诏敕（天皇文书）之重职，后来职权衰减，成为仅仅掌管御印（内印）和官印（太政官印）的有名无实的官职。

[②]《唐律》：指《唐律疏议》，原名《律疏》，又名《唐律》《永徽律疏》，是东亚最早的成文法之一。《唐律疏议》是唐朝刑律及其疏注的合编，亦为中国现存最古、最完整的封建刑事法典，共30卷。

[③]《杜家立成》：日本正仓院所藏《杜家立成杂书要略》一卷，相传为奈良时期的藤原光明皇后所抄，参见《光明皇后杜家立成杂书要略》（东京：清雅堂影印，1943年）

[④]《谢康乐集》：是南朝宋文学家谢灵运的诗文集，又称《谢灵运集》。

里的春天总是姗姗来迟，受命赴任到此的家持，常将自己比作大海彼岸置身塞外的将士。关于这一点，后文中会重点分析。

古代的日本海，堪称是一条连接日本海周边国家的国际通道。位于能登半岛顶端的轮岛，现改名为重藏神社的辺津比咩神社，被视为中津岛翻版的七岛以及位于该岛前方舳仓岛上的奥津比咩神社，与北九州宗像三神的边津宫、中津宫、冲津宫极为相似。就如同宗像三神是海上交通的守护神一般，重藏三神也发挥着同样的作用。时至今日，重藏神社里仍供奉着出土自舳仓岛的海兽葡萄镜。

能登岛上保留着许多朝鲜人的遗迹和古物，如出土自寺家遗迹的罗马玻璃杯碎片，出土自高冈市古坟中的腰带小金扣、镜子等。出土自韩国新罗古坟的皇冠上的翡翠，据说是越中、越后当地的产物。家持在位于国际通道、日本海边的越中国生活了六年，之所以有罗马玻璃杯被发现埋藏于此，想来也是那个时候发生的事情。

02

远方的朝廷之国"越中"

"越中"国合并能登

《万叶集》中"远方的朝廷"一词先后出现过8例,所指对象分别为大宰府4例、越中2例、节度使派遣地1例、新罗1例,其中半数指代大宰府。作为广域行政机构,大宰府不仅统领九州一带,其主要功能还涵盖了军事、外交等大小事务。文中也曾有过"筑紫都督府"的相关记载。都督府是魏文帝时设立的官位,其正统称谓应该是都督诸州军事,司职军事管辖。

天皇の 遠の朝廷と しらぬひ 筑紫の国は 敵守る
鎮への城そと (卷20・4331)

（天皇远方置朝廷，坚守筑紫御敌城。）

身为这首短歌的作者，家持可以说是最能精准把握大宰府性质的歌人。居住在越中的天平十八年（746）到天平胜宝三年（751）这段时间，恰逢越中国处在行政区划变迁十分微妙的时期。养老二年（718），越前国有能登、羽咋、凤至、珠州[①]，天平十三年（741），能登先是被越中国合并，又于天平宝字元年（757）独立出来，再一次成为能登国。家持赴任越中期间，正处于能登被越中合并的16年当中。能登半岛为什么要从越前国独立出来？合并时为什么不回归母国越前，却要从属越中？之后为什么又要从越中划出，再次独立？这瞬息万变的行政区划背后，又暗含着怎样的目的和意义？

显而易见的理由之一是出于针对虾夷政策层面的考虑，作为出羽国移民政策的根据地，以七尾湾为中心的能登地区是非常重要的军事要地。史书记载，能登于天平宝字元年由越中国独立出来，其初衷是为了进一步加强地方驿站和官舍的建设，也就是说，表面上看似乎是为了加强基础设施的建设，事实上是为了增加北陆道交通量，与其后大和对虾夷的整体谋划息息相关。

[①] 能登、羽咋、凤至、珠州：位于现在的石川县能登半岛一带。

"越中"国——远方的朝廷

沿日本海北上的潮流,绕能登半岛,流入七尾湾,随后又再度北上。位于能登半岛的七尾湾,犹如潮流登陆的天然口岸,过往漂流的船只常停歇于此。

能登岛扼守湾口,纵深辽阔,风平浪静的七尾湾,作为登陆口岸再合适不过,也因此逐渐成为律令政府管辖东北的海路要冲。家持也在歌中盛赞能登岛精湛的造船技术、丰富的造船木料,以及众多的商旅。

和铜三年(710),大和与生活在越后的虾夷之间关系日趋紧张,曾号令北陆四国建造多达百艘以上的战船。可想而知,以能登为中心的这一地区,在当时的战略地位有多么重要。

1991年发掘于新潟县三岛郡和岛村八幡林的遗迹,据说很可能是8世纪北陆地区的军事据点。其中发现的疑似城墙的建筑群、土垒,以及出土的木简表两面刻写的"养老""沼垂城"字样,证实了养老年间(717—724)淳足栅①的存在。针对虾夷的直接军事行动自天平九年(737)大野东人②远征后

---

① 淳足栅:古代为征讨日本海方面的虾夷族而修建的基地,公元647年设置于现在的新潟市沼垂附近。
② 大野东人:奈良时代公卿,糺职大夫果安之子。元明帝时,叙正位上。

便一直处于休眠状态，但即便进入8世纪以后，大和中央政府与虾夷之间的关系依然紧张。越后国属于前沿阵地，而越中国紧邻越后国。

能登国距新罗很近，天平初年伊始，日本和新罗间的关系就十分紧张，天平十八年（746）四月家持赴任越中，从兼任大宰府的左大臣诸兄、六道镇抚使的设置可以看出当时时局正处于备战状态。能登国的军事地位迅速提升，推断烽火台就是在那一段时期建造的。

泷川政次郎的观点很是激进，他认为天平十八年（746）三月被任命为宫内少辅[①]的家持，匆匆赴任三个月后便被立刻调职越中守，这和六道镇抚使的任命有关。而家持赴任镇抚使六天后，任命同为武门出身的大伴三中为有着重要军事地位的长门守[②]，也是出于军事政策考虑。春日能登巡游，名义上是为了出举[③]，暗地里的初衷则是为了能登海岸边防巡视和驻扎在鹿岛郡的军团慰问。

于越中国而言，能登半岛是其处理虾夷和新罗事物的前沿阵地。

即使是处于休战状态，大和与虾夷的紧张状态也没有得到

[①] 宫内少辅：古代日本的官职，宫内少辅为正四位。
[②] 长门：日本古代的律令制国之一。长门国的领域大约为现在山口县的西北半部。
[③] 出举：日本古代贷出谷物或财物而收取利息的制度。曾有国家进行的公出举和私人进行的私出举两种。

缓和，军事上和新罗的关系又日趋紧张。而在律令政府看来，新罗自不必讲，虾夷地区、朝鲜半岛，与中国大陆有所不同，不过区区藩国而已。

用现在的话说，倘若大宰府被视作是针对朝鲜半岛以及中国大陆的前沿哨所，那么越中国便是与之齐名，司职处理对新罗、虾夷战略的前沿阵地。大宰府一度被视为远方的朝廷，越中国自然同样也可被视为远方的朝廷之一，两者皆是最适合被冠以"都督"名字的地方。

03

帷幄中的大伴家持

大伴家持的"男子汉"意识

于大和朝廷而言,越中是和大宰府齐名的偏远朝廷。身为大和朝廷的命官,赴任越中的大伴家持具有强烈的北方节度使意识,按照中国的说法,就是都督。武门出身的大伴家族,祖父安麻吕、父亲旅人都是赴任南方的朝廷大宰府,到家持这一代则是去了北方的朝廷越中。

身为大伴家族一员,家持向来怀有极强的自尊心,他所主张的男子汉精神在其创作的『族に諭せる歌』(《喻族歌》)(卷20·4465)一文中被表现得淋漓尽致。家持在目睹了天平胜宝八岁(756)大伴古慈斐因谗言被免职的政治事件后有感而发、一气呵成。

人多是在陷入异常状态后，才会意识到自己的立场。身居北方都督要职，置身在紧张的政治环境之中，这一时期的家持在诗作中频繁使用"男子汉"一词，足以说明他当时在勉为其难地被迫应对周遭发生的一切。创作于天平胜宝二年（750）的『勇士の名を振るはむことを慕へる歌』（《慕振勇士之名歌》）（卷19·4164）便是其中典型的例证。

> 大夫や空しくあるべき梓弓末振り起こし投げ矢いち
> 千尋射渡し剣大刀腰に取り佩き
> （空手何为大丈夫，振臂奋起强弓弦。大刀利剑腰间挂，手持利矢射千寻。）

歌中所唱"ますらを"（男子汉、大丈夫），并非一般意义上的男子汉，结合后文

> あしひきの八領踏み越えさし任くる情障らず
> （翻越千山和万岭，赴汤蹈火志不息。）

很明显，这是跨越山河、赴任越中的家持对自己阳刚之气、高远志向的宣告。

此番越中之行，并非身形羸弱、手持账簿的民政小吏敷衍差事，也不是饱读典籍、吟咏歌卷的文人墨客游历山水，而是

背负弓弩、手握大刀的伟岸男子临危受命。这一点在歌中表现得淋漓尽致。

"男子汉"一词在家持的歌中共出现了19例,其中越中歌中14例,防人歌中4例。驻守在南方大宰府警备处的防人、赴任北方越中的家持,两者不仅在司职防卫远方朝廷这一点上有共通之处,在表现"男子汉"意识方面更是相得益彰。

卧在帷幄中

对于背负弓弩、手握大刀,临危受命、匆忙赴任的家持而言,越中国的国厅在北塞还是次要的。赴任的第二年,即天平十九年(747)春二月,饱受疾病之苦的家持在写给大伴池主的信中提到:

興に乗る感あれども、杖を策く労に耐へず。独り
帷幄の裏に臥して、聊かに寸分の歌を作り(卷
17・3965序)
(虽有乘兴之念,却难耐拄杖外出之劳。独自躺卧屋
中,提笔赋拙歌数首。)

此处「帷幄」一词若只是单纯地解释为"帐子"似乎有些草率,翻阅中国典籍,"帷幄"一词更多是指代军营中出现的"帐

子"。《艺文类聚·服饰部》中虽有关于"帐子""屏风""幔"①等项目的记载，却并没有关于"帷幄"的记录，含有"帷幄"一词的诗句也并没有出现在《服饰部》文中，而是被用于记录武部战伐项相关内容。

张庸吾曾列举《汉书》张良传的例子指出，"帷幄"一词在中国古代代表的是"军帐"，也就是"阵营帐篷"，"歌人家持使用'帷幄'一词，难免令中国人觉得有一些违和"。另外，小野宽也曾指出，"帷幄"多搭建于战场营地，"找不到'帷幄'作为病房使用的先例。家持身处远方朝廷、越中国的国厅，远离都城，遂将切身处境比作卧在战场上的'帷幄'之中"。

张庸吾之所以有这样的看法，是因为他并没有完全认识到家持在越中国的立场。而小野的见解，作为结论虽然是正确的，但并没有探究家持明明身处越中之国厅却依然坚持声称自己身处战场的背后原因。正如前文所述，于身为"男子汉"临危受命、赴任越中的家持而言，国厅，就是"帷幄"。

蓬体之身

家持写给池主的第二封信开篇提及：

---

① 幔：巾，丝麻织品。"曼"义为"延展的"。"巾"与"曼"联合起来表示"可以延展的布条"。本义为不用时折叠，用时可以展开的互相连缀的多幅布条。

> 含弘の徳は、恩を蓬体に垂れ、不貲の思は、陋心に報へ慰む
>
> （含弘之德，垂恩蓬体。不貲之念，慰报陋心。）

意思是说，"池主施予我的大恩大德以及池主宽广的胸怀，抚平了我贫瘠、孤独的内心，让我感到无限的安慰。"

喻指自身"蓬体"的"蓬"，有三种意思。

1. 蓬屋、蓬室、蓬庵等，与建筑物结合在一起使用时，"蓬"表示简陋的意思。

2. 蓬首、蓬头、蓬发等，和人体头部结合在一起使用时，"蓬"表示乱的意思。

3. 转蓬、飞蓬、孤蓬、蓬征、蓬飘中，"蓬"表示四处流浪的意思。

和"蓬体"意思相近的应该是第三种。"蓬"，中国北方沙漠中一种常年生长的草，秋天多被连根拔起，随风飘落，唤作"转蓬"。出现在诗文中的"转蓬""飞蓬"，绝非单纯意义上作为物质存在的"草"，它早已化身为诗人孤独心境的寄托。

"单车欲问边，属国过居延。征蓬出汉塞，归雁入胡天。"这是唐代诗人王维将自己比作出征的战车，穿过居延、赴任河西节度使幕府（当时的凉州，现在的甘肃省武威）途中所作《使

至塞上》的前四句，远出汉塞、去往边疆、蓬草般孤旅流浪的人，就是蓬体。

> 陇头万里外，天崖四面绝。
> 人将蓬共转，水与啼俱咽。
> （〔南朝陈〕江总《陇头水》）

陇山，横亘在长安以西，自陕西省陇县至甘肃省绵延2000公里[①]，山南散关山北萧关，皆是要塞，是关中通向西部的交通要道。西出边塞便是西域的领土，一片只有孤雁和榆树的荒凉沙地，出征大漠的战士们飞蓬般漂泊。

> 飞蓬似征客，千里自长驱。
> 塞禽唯有雁，关树但生榆。
> （〔北周〕·王褒《出塞》）

远离大和、赴任越国的家持，是游走在边塞的一棵蓬草，也是卧在边塞军营帷幄中的节度使。

针原孝之查阅了（卷17以下）"家持歌日记"中，出现在题词、左注中「独」字相关的记载，基于先期研究的见解，发现八例中只有一例试图表达的是一个人远离宫廷官场，独自在外的孤独与悲伤，其余七例均为表达立于宫廷之意识——官

[①] 陇山：六盘山。原文有误，南北长为100千米，海拔为2000米。

人之意识。而这唯一的例外,就出现在写给池主信中那一句「独り帷幄の裏に臥して、聊かに寸分の歌を作り」(独自卧在帷幄中,作了几首短歌)。

飞蓬般漂泊的家持,背井离乡,远离了本应植根的故土,故而对故土的热爱与憧憬愈发强烈。于家持而言,故土不就是宫廷吗?这封信是在失去了"宫廷"这一故土,身如蓬体状态下所作,堪称八例中最为孤独的一例。

背井离乡的预兆

远离都城、独居越中、自比蓬体的家持,仿佛对自己的命运已然有所预见,其随后的人生,恰如飞蓬般,离乡背井、漂泊一生。

笔者尝试梳理下一家持此后的生活经历:

大宰府(728年—730年)11岁—13岁

越中(746年6月—751年7月)29岁—34岁

萨摩(764年1月—765年2月)47岁—48岁

大宰府(767年8月—770年6月)50岁—53岁

相模(774年3月—774年9月)57岁—57岁

伊势(776年3月—780年2月)59岁—63岁

陆奥（782年6月—785年8月）65岁—68岁

这其中虽然不乏尚未定论的内容，譬如说，仍无法判断家持是否前去赴任，但纵观其后近40年的官场生涯，半数以上都是在远离都城的偏远地方度过的。

不仅生前背井离乡、四处漂泊，死后依然难回故土，家持的人生终点究竟归于何处尚无定论。据传延历四年（785）八月二十八日，家持作为陆奥按察使镇守将军，病死于陆奥多贺城①，死后20多天尚未下葬，其间九月二十三日，发生了一件大事，藤原种继②被大伴家族的族人射杀，皇太子早良亲王③被废除。受到大伴家族的牵连，又因曾被任命为东宫大夫，家持此番也被官场以参与其中为由除名，遗骨和儿子永主被判隐岐流罪④。所谓除名，就是针对那些犯有重罪的官僚，除了剥夺其全部位阶、官职外，额外附加的一种刑罚。死后被流放，即使死了，却依然未能摆脱背井离乡的境遇。待到家持被赦免、恢复本位——从三位时，已经是20年后的延历二十五年（806）三月十七日，即桓武天皇驾崩的那一天。

---

① 多贺城：日本宫城县多贺市。
② 藤原种继：日本奈良时代末期的公卿。他是藤原式家之祖参议藤原宇合之孙、藤原清成之长子，官位是正三位、中纳言。后来藤原种继被追赠为正一位、太政大臣。
③ 早良亲王［天平胜宝二年（750）—延历四年（785）九月二十八日］：奈良时代末期的皇族，光仁天皇之皇子。生母是高野新笠。桓武天皇、能登内亲王之同母弟。
④ 隐岐流罪：被流放隐岐岛。（关于隐岐岛的主权问题，日韩存在争议）

流转各地的家持铜像

万叶热潮四起的今天，到访越中国国厅所在富山县高冈市伏木和万叶故地的人很多。

人们乐于登上二上山以瞻仰家持的铜像。如今的家持铜像，立于万叶山顶展望台阳面的山岗上，在最终确定这里成为放置位置之前，铜像本身也经历了飞蓬般的旅程。

家持铜像是昭和二十八年（1953）经高冈市民间组织——文化联盟发起并雕刻制成的，原计划置于高冈车站前，但因阻碍交通的缘故被一直锁在仓库里。昭和三十七年（1962），有人觉得即使放在仓库也多少有些碍事，就将它流放到二上山的经冢①处。那之后，昭和四十三年（1968），铜像又被辗转移动到二上山的前御前。原本也算是个眺望射水川（现小矢部川）的好地方，只不过有些远离道路，游客偏少。

再之后，随着万叶热潮的兴起，家持铜像终得以于昭和五十六年（1981）结束漂泊之旅，被安置在如今这一块清净之地。

---

① 经冢：将书写完成之经典置于筒中埋在地下，称为经冢。

发愤著书说

人们普遍认为,文学只有在现实行为受到约束的时代才会开花结果。司马迁惨遭宫刑,发愤著书,《史记》得以诞生。

"贾谊不左迁失志,则文采不发。……扬雄不贫,则不能作《玄》《言》。"(〔东汉〕桓谭《新论》)西汉才气出众的贾谊,遭人妒忌,因莫须有的罪名被贬职。满怀着一腔愤怒,创作出卓越的作品。

"盖愈穷则愈工。然则非诗之能穷人,殆穷者而后工也。"(欧阳修《梅圣俞诗集》序)

正因为他们身处困顿,方得以创作出好诗流传于世。扬雄如此,梅圣俞亦然,因为并非进士出身,20年光景只能屈居在地方上任职,为官一生却只能在贫穷中度过,但作为诗人,却享有极高的声望。

日本又何尝不是如此呢?其他暂且不论,仅《源氏物语》的创作传说始于光源氏流放须磨,便足以说明一切了。

家持等人身体力行。

うつせみは数なき身なり山川の 清けき見つつ道を尋ねな(卷20・4468)

（人生无常何其短，青山绿水踏佛门。）

这首歌虽以『病に臥して無常を悲しび、修道を欲して作れる歌』(《卧病悲无常，欲修道作歌》)为题，实际上却是为同门大伴古慈斐①因淡海三船谗言被解职这一遭遇发声而创作的。

就在同一天，家持又创作长歌《喻族歌》，尾歌部分唱道：

剣大刀いよよ研ぐべし古ゆ 清けくま負ひて来にし
その名そ（卷20・4467）

（磨刀霍霍千秋事，身负大伴立清名。）

歌词部分政治色彩过于浓郁，作为和歌的价值难以估量，但的确是在极为不妙的环境中创作的。

咲く花は移ろふ時ありあしひきの 山菅②の根し長
くはありけり（卷20・4484）

（万花皆有凋谢时，山菅之根万古青。）

没有题词，左注为「物色の変化を悲怜びて作れり」（怜

---

① 大伴古慈斐：日本奈良时代至平安时代初期的公卿、武将，被称为初代征夷大将军的大伴弟麻吕之父。
② 山菅：别称山菅兰、山猫儿、交剪草、山兰花、金交剪、山交剪、桔梗兰、老鼠怕及老鼠砒等，百合科山菅属植物，为多年生草本植物。

悯物色的变化而作）。虽然「物色」指的是"自然"，但作者绝非仅仅为单纯的自然变化而伤悲，其寓意何在？这首溢满忧伤的佳作，想来也是恶劣政治环境下的产物。

春の野に霞たなびきうら悲し この夕かげに鶯鳴くも（卷19·4290）

（春日山霞欲伤悲，夕阳西下黄莺鸣。）

吾が宿のいささ群竹吹く風の 音のかそけきこの夕かも（卷19·4291）

（寒舍竹间微风起，夕阳相伴听竹风。）

うらうらに照れる春日にひばり上り 情悲しも独りし思へば（卷19·4292）

（春和日丽黄莺鸣，作歌独吟抚悲情。）

这些歌中「悲し」（悲伤）大都非同一般，这一点早已无须证明。

"盖文章，经国之大业，不朽之盛事。年寿有时而尽，荣乐止乎其身，二者必至之常期，未若文章之无穷。"（魏文帝《典论·论文》）

这是收录在家持极为推崇的《文选》一书中的文章经国论。"文章"，意为文学，文学才是与国政息息相关、永不腐朽的伟大事业。生命和荣誉或终于一代,而文学却是永恒。平安时代的汉诗集《经国集》[①]因此命名。《古今集》的编撰者也以此为思想。

"俗人争势荣利,不用和歌咏。悲哉悲哉。虽贵兼相将,福赊金钱,而骨未腐于土中,名先灭于世。适为后世所知者,唯和歌之人而已。"(《古今集·真名序》)

即使宰相兼任大将坐拥高位、家财万贯,死后也是一场空。尘归尘土归土,很快就会被遗忘,流芳百世的只有歌人和佳作。

家持作为一方官僚,一生飞蓬孤旅,但其创作的作品却至今为世人传唱,与其有着千丝万缕联系的《万叶集》,堪称不朽的名作,获得极高的地位。也正是因为和歌的传唱,家持终成为为后人所熟知、敬仰的"歌人"。

---

①《经国集》:日本早期诗集,共20卷。良岑安世、滋野贞主等编撰。

04

大伴家持的边塞志向

兵戎苦劳的咏辞

若将远方的朝廷比作"都督",将家持自身以"蓬体"作喻,任职越中国司的家持就是边塞的都督。他的诗歌里流露着浓厚的边塞志向。

柳黛を攀ぢて京師を思ふ歌一首
春の日に張れる柳を取り持ちて見れば都の大路思ほゆ
(攀柳黛思京师歌一首:春光付柳手攀枝,遥想京城柳成荫。)

这首诗歌是由乐府曲中横吹笛曲的《折杨柳》改编而来,

这一点我们在序言《大伴家持的望乡歌》中已经提到过。

横吹笛本是在马上演奏的北方匈奴民族的音乐，传入汉代后就作为军乐被演奏。在上一章节"蓬体"中引用的《陇头水》也是其中之一，此外还有《王昭君》《梅花落》《出关》《入关》《出塞》《关山月》《陇头吟》等等。计魏晋以后的古曲19首，汉代以后的新曲18首，《折杨柳》则属于古曲。

从性格表现上来说，北方民族的音乐原就蕴含着浓厚的边塞情怀。虽说是军乐，但诗歌整体的构成却情感充沛，抒发远征的男儿和盼望夫归的妇人各自的情感成为诗歌的核心，字里行间满溢着伤感。而送别时被赠予杨柳枝的旅人，大多都是远征朔北及参与边塞战事之人。

《宋书·五行志》中有言："晋太康末，京洛为《折杨柳》之歌。兵戈苦辛，辞以咏之。"身如浮萍般辗转于边塞，将对故乡的思念与泪水寄托在这一曲《折杨柳》中，这个战士便是家持。

春日迟来的越中风情

在唐代，乐府曲产生了许多新作，被称为新乐府。虽然以《折杨柳》为题的新乐府并未产生，但《出塞》的变奏曲《塞上曲》《塞下曲》等不断被创作出来。诗人李白对其中一曲做了以下的歌咏。

> 五月天山雪，无花只有寒。
> 笛中闻折柳，春色未曾看。
> 晓战随金鼓，宵眠抱玉鞍。
> 愿将腰下剑，直为斩楼兰。
>
> （《塞下曲六首·其一》）

国都已是春日之景，但这边境之地却只有苦寒。远处的天山山脉上还覆盖着皑皑白雪，四处不见柳枝的翠色。只有在《折杨柳》的曲中，方有那一抹新绿抽芽。诗人则是着眼于国都和边境风景的显著差异。

> 五原春色旧来迟，二月垂杨未挂丝。
> 即今河畔冰开日，正是长安花落时。
>
> （张敬忠《边词》）

蒙古草原的春日到访迟迟，到了二月柳树也不抽新芽。黄河岸边的流冰解冻之日，国都内已是一派花朵凋谢之景了。

家持也是同样的心情，他将国都和边境之地越中的风景的显著差别看在眼里，写下了以下词句。

立夏の四月は、既に累日を経て、未だ霍公鳥の喧く

を開かず（卷 17・3983 题词）

（四月以来数日去，尚闻子规啼鸣声。）

霍公鳥は、立夏の日に来鳴くこと必定す。又越中の風土は橙橘のあること希な（卷 17・3984 左注）

（子规定在四月鸣，越中风土少柑橘。）

鶯の晩く呼くを怨みたる歌（卷 17・4030 题词）

（怨黄莺晚啼而歌）

更に霍公鳥の呼くことの晩きを怨みたる歌（卷 19・4194 题词）

（更怨子规晚啼所歌）

越中の風土に、梅花・柳絮は三月に初めて咲くのみ

（卷 19・4238 左注）

（越中风土三月天，梅开柳绿竟初放。）

对两地风土环境差异的认识，既是对越中与都城之间山高水远的认识，也是对都城无限的憧憬。在《万叶集》中我们所能找到的"风土"这一词，就仅有卷 17・3984 和卷 19・4238 两处。一般我们认为，卷 17 以后家持所作词的左注皆由家持本人所写。如同异国诗人通过描写边塞之景来思缅边境，并由

此再次认识到风土环境之差一般，家持也在驻守边境之后，开始感受到"风土"这一词包含的意义。

将这风土环境差异加以诗人般感知的家持，并不是凡庸之人。他的作品中也含有对上述异国边塞诗人所感之物的再体验和再领悟。既然如此，对越中风土环境的认识，也就是有着这份再体验的诗人之所感吧。

边塞越中之月

心中挂念着独守故乡的妻子，家持如此歌道：

ぬばたまの夜渡る月を幾夜経と　数みつつ妹はわれ待つらむそ
右は、此の夕、月の光遅く流れ、和風稍く扇ぐ。（卷18・4072 题词）

（明月当空心寂寥，屈指静数盼君归。右为，今夜，月光倾泻，柔风终拂，触景生情，提笔而作。）

左注的「此の夕」一词，在《诗经》《文选》中多以"今夕"来使用，但在《玉台新咏》的闺怨诗中有"此夕"的用法出现。

此外，家持在这首和歌中使用了「月光遅流」（月光倾泻）这一描写，但在《万叶集》中形容月光用的是「照る」（月光照射）或「渡る」（月光播撒）。家持在歌中咏唱的是「渡る月」（月光播撒），但在题诗时却记作「流」（月光倾泻）。这是汉语的语言表现。

如同以下句子：

秋风动桂树，流月摇轻阴。（柳恽《长门怨》，见《玉台新咏》卷5）

遏归风。止流月。（沈约《秦筝曲》，见《玉台新咏》卷9）

在汉诗中对月光的描写多采用"流"字。题诗「月光遲流」的家持的脑海里，汉诗必定有着一方世界。

不仅如此，如果我们站在北方边塞之地越中的月亮这一视角来看的话，就不难发现这与边塞诗歌《关山月》有着异曲同工之妙。王昌龄的《从军行·烽火城西》中就有这一共鸣点。

烽火城西百尺楼，黄昏独上海风秋。
更吹羌笛关山月，无那金闺万里愁。

也有一些诗将诗题《从军行》记作《出塞》。汉代以后，《出塞》成为乐府诗题，《从军行》据传则是从三国魏国时期才被选进乐府诗题。王昌龄的诗中能读出思乡诗《关山月》的

Ⅲ 大伴家持在边塞之国——越中

意境，之前那首家持所作的和歌也是以此抒发对远在万里之外妻子的想念。也有一首和歌通过月光来表达对爱人的思念：

天離る鄙にも月は照れれども　妹そ遠くは別れ来にける（卷15·3698）

（路远地偏月仍照，怎奈伊人在远方。）

家持的和歌看似和这首曾在对马岛停留的遣新罗使的和歌有相似之处，实则不然，后者将视角落在"我"上，而家持将视角落在"妻子"上，客观地来表达对远在家乡的"妻子"的想念，这正可谓是情诗的表现方法。

通过《折杨柳》《关山月》等描写北方塞外的横吹曲，我们便能很容易地了解到家持的经历。比如《怀风藻》中释弁正的一首诗《与朝主人》：

钟鼓沸城阊，戎番预国亲。
神明今汉主，柔远静胡尘。
琴歌马上怨，杨柳曲中春。
唯有关山月，偏迎北塞人。

关于这首诗和其作者弁正已在本书第二章第一节"失意的留学僧弁正"中详细介绍。弁正早于家持，且于大宝二年（702）远赴唐朝长安，之后因病客死他乡。诗句中的《琴歌马上怨》

来自横吹曲中的《王昭君》，此外还有《折杨柳》《关山月》等等作为北塞诗的素材比比皆是。

将这首诗带回日本的也许正是弁正的儿子朝元。朝元于养老二年（718）入朝任职，并于天平五年（733）作为第九批遣唐使中的一员前往长安，之后的第六年回国时将此诗带回了日本。

朝元在十多岁时就进入朝中，被授予「従六位」（从六位）官职，养老五年（721）正月，其才学得到赏识，获得了相当于「正四位」（正四位）以上的俸禄，天平二年（730）曾负责汉语教育，从这几点可以看出朝元有超群的才学和能力。

朝元和家持处于同一时代，家持于天平十八年（746）远赴越中任职，同年正月，参加元正太上皇居所的赏雪宴，和朝元并席而坐。家持将自己和左大臣等各位长者以及与朝元之间的趣事以诗歌日记的形式记录了下来。如：各位长者向朝元调侃道"若作不出诗，罚礼麝香"，听到此言，朝元沉默不语。

即便不用指出具体的事例，也可以肯定两个人的关系如同知己一般。在和这样的人交流中，家持也一定获知了不少异国见闻。在前往越中以前，家持就已通过弁正的诗知晓了"横吹曲"，并借以飞扬发散思绪，由此他对于边塞风情的把握与认识，已有了基础。从赴越中任职时期的他所作的诗中，能看到异国北塞的影子摇曳其中，也便是理所当然的了。

驻西塞之父,守北疆之子

我们知道家持的父亲大伴旅人曾在地处西部边塞的大宰府举办了梅花宴。旅人在《梅花之歌》序中写道:

詩に落梅の篇を紀す。古今とそれ何そ異ならむ

（倘以诗来描写落梅,古今也会有不同吧。）

"落梅"在乐府诗中指"梅花落"。从古至今描写梅花的诗有很多,但其风格各有不同,那么,为什么大伴旅人会借"梅花落"抒发情感呢?

据说辰巳正明为表达旅人在外对故乡的思念,借用乐府中的"梅花落"一词,创作了这首边塞思乡诗《梅花落》。

以初唐诗人卢照邻的《梅花落》为例,

梅岭花初发,天山雪未开。
雪处疑花满,花边似雪回。
因风入舞袖,杂粉向妆台。
匈奴几万里,春至不知来。

梅花虽已盛开,天山还未开始下雪。落雪处看似满是白色梅花,梅花周围又像是落了一层积雪。轻风吹过,片片梅花飞入舞女

的袖中，又混杂着脂粉飘向谁家妆台。而塞外匈奴冰天雪地，即使春天到了将士们也无从知晓。

受辰巳正明的影响，中西进认为："九州大宰府和京城，与中国长安和讨伐匈奴的边塞，二者从距离上并不能相提并论；此外，大宰府的气候和中国北方也相差悬殊，而日本的诗人却能跨越两国地域的差别，模仿中国诗的风格进行创作，这也是他们常用的方法；后来家持前往越中后，也是同样的风格。"

父亲在南方边塞借乐府的《梅花落》抒发情感，孩子则在北方边塞借乐府的《折杨柳》《关山月》等词进行诗文创作，寄托对故乡的思念。说起北方边塞，跟大宰府比起来，越中更符合中国边塞的特征。有一点也不可否定，家持正是模仿中国边塞诗的特点来进行创作。

05

大伴家持的边塞诗

在厌战与战斗之间

经历过第二次世界大战的人们都有着极为深切的感受。战争期间，在处理某些难以预料的，诸如国家和个人利益之间的关系，甚至整个国家政策走向等具有宏观性的国家事务时，个人战争观的形成与其所处的环境密不可分。伴随着环境的变化，战争观也必然随之变化，相应地，以战争观为基石的文学思潮也会随之发生变化。

以唐朝的边塞诗为例，在唐太宗所推行的扩大疆域政策的影响下，即便是那些为了迎合、宣传该政策而乐于创作战斗诗的诗人，随着扩张的失败，也开始频频创作出厌战诗佳作。反之亦然,即便是在府兵制濒临土崩瓦解之际,也并非厌战诗独霸天下,也有很多战斗诗佳作诞生。

一个诗人,可能会在某个时期集中创作厌战诗,而另一时段又频繁创作战斗诗。比如杜甫,起初创作了许多战斗诗,安史之乱后,却转身成为厌战派诗人。

换句话说,当诗人身处刀光剑影、兵戎相见的战时,自然会创作出歼灭夷狄、保卫家园的战斗诗。然而看到战败后累累白骨,或者战地归来目睹战祸连连导致乡土荒废、民不聊生的场景时,又不禁奋笔疾书,开始创作厌战诗。

还有一些诗,虽然表面上是描绘边塞士兵的苦痛的厌战诗,而实际上却是高呼万岁、向皇帝效忠的战斗诗,哪里还顾得上身处前线的战士们痛彻心扉的悲苦与哀伤。

大伴家持和歌中抒发的防人之情,下文几首常被用来提供佐证:

今日は顧みなくて大君の　醜の御盾と出で立つ我は
火长[①]　今奉部与曾布(卷20·4373)
(从今不顾我身家,誓为君盾亦可夸。)

天地の神を祈りて征矢貫き　筑紫の島を指して行く
我火长大田部荒耳(卷10·4374)

[①] 火长:古代军队基层组织中的小头目。

Ⅲ 大伴家持在边塞之国——越中　217

（祈天求地射征矢，神灵佑我奔紫筑。）

毋庸置疑，这是两首不惜性命、灭私报君的战斗歌。

不知道在东国的百姓眼中"大王"到底是怎样的一种存在，但他们敬畏里长[①]、郡司[②]，对于位居里长、郡司之上的国司自然抱有更高的敬意。因而，在百姓心中高居都城、统领一国的"大王"是何种高贵的存在也就可想而知了。借由那些曾目睹都城奈良恢宏场面后返乡的运税脚夫、解甲兵士们的口述内容得知，这些人早已成了不可一世的"大王"的忠实粉丝，到处传颂着"大王"的军队"皇御车"（卷20·4370）攻无不克、战无不胜的高昂精神。

前文中两首和歌的作者，虽然身居防人编制中的"火长"职位，与一般防人并无两样，本就是一位普通的农民，只因奉了王命成为皇御军中的一名军官，号令手下十人。他若非加入皇御军，这样的地位只怕是苟活一生也难以企及。"誓为君盾亦可夸"一句非常真实地表达了驻守边疆防人们的激情。

战争期间这些和歌常被当作战意高昂、忠君爱国的口号加以宣传，虽然也曾有人提出质疑，并尝试着将它们作为厌战歌加以解读，但显然是一种曲解，很难行得通。

---

① 里长：相当于现在的村长等。
② 郡司：郡的官职，由朝廷派遣，有大领、少领、主政和主帐四个级别。大化改新前多由国造等地方豪族担任，为世袭。

当然，借由临战的态度，将所有的防人歌都视为好战歌是不正确的，但反过来走向另一个极端，将所有的防人歌都理解为厌战歌也并不恰当。如前文所述，一定要将战时每一个人所处的环境因素也一并考虑进去。事实上，战后我们已经清楚地了解到日本民众于战争期间的战争观经历了怎样的发展和变化，实可谓是错综复杂。唐朝的边塞诗里，也明确地反映出这一点。

但真正触及家持心弦的"防人之情"，不是那种单纯的勇猛果敢之心，而是"因离别而悲伤之心"和"因离别而悲痛之情"。分析其创作的长歌题词可知，与家人的分离才是他悲哀的真正原因。因此，才最终如歌中提及的那样：「路次の国、皆供給に苦しみて、防人の産業も亦、弁済し難し」（沿途国家皆苦于供给，防人的产业也难以为继）。天平宝字元年（757）闰八月二十七日，东国废除了防人政策。

物部之家

家持虽然自身并非防人，只是领受了统管防人的兵部少辅职位，但于战争而言，他并非旁观者，而是参与者。从某种意义上讲，身份与唐边塞诗人岑参、王维、高适、哥舒翰等人相似。

大伴家族担负的职能是战略外交，直至白江口战败取缔战略外交之前，先后有大伴谈战死、大伴咋子和狭手彦渡海远赴异乡作战，大伴金村虽未异地作战，但全力以赴处理与百济的外交事宜，随后又有安麻吕和大伴旅人前往防卫兵站大宰府赴任，而大伴家持则在越中国回归都城三年之后履任防人检校的兵部少辅职位。

笔者试着整理一下大伴家族系谱中的武将。无论是神话传说中的人物，还是后人口口相传的历史人物，或多或少都带有一些武将应该具备的要素，在此一一列举：

天忍日命	天孙降临守护先导
道臣命	参加神武东征
武日命	参加倭武命东征
大伴武以	守护宫廷
大伴谈	新罗征讨大将军
大伴金村	讨伐筑紫国造磐井，讨伐平群真鸟
大伴磐	出兵筑紫国
大伴咋子	新罗征讨将军
大伴狭手彦	遣伐新罗大使，参加任那战争
大伴马来田	壬申之乱天武军
大伴吹负	壬申之乱天武军
大伴御行	壬申之乱天武军
大伴安麻吕	大将军、壬申之乱天武军
大伴旅人	征隼人持节将军
大伴古麻吕	陆奥国镇守将军
大伴骏河麻吕	陆奥国镇守将军
大伴家持	陆奥国镇守将军
大伴弟麻吕	征东副将军、征夷大将军

大伴家持曾写下「勇士の名を振るはむことを慕へる歌」（慕振勇气之名歌）(卷19・4164) 的名句，是为了应和自己崇拜的山上忆良所作《辞世歌》而作。

士やも空しくあるべき万代に／語り継ぐべき名は立てずして (卷6・978)

（男儿庸庸虚度日，了却此生无芳名。）

在创作长歌时，家持也曾引用过忆良的歌：

大夫やも空しくあるべき／（中略）／後の代の語り継ぐべく名を立つべしも

［译文：男儿庸庸虚度日，（中略）奈何芳名千古流。］

山上忆良歌中的"出人头地"无任何限定，而家持吟诵的"出人头地"则有意识地借以歌颂沿袭自祖辈的武门世家。

家持所在的武门世家——大伴家族，是负责战略外交的世家。大伴家族的家训之所以以「海行かば水漬く屍」（如若海上行，死尸漫水中）开头，就是因为他们的家族有惯于海战的传统。这也充分彰显了出身武门的大伴家族在战略外交方面显赫的世家地位。

每每论及武门世家，或研究《万叶集》之际，但凡说到大伴家族，往往只提到壬申之乱的功臣御行・安麻吕，这是长期以来忽略了东亚政治动向盲目研究带来的弊端。比起功勋卓著的个人，更应该强调的是整个大伴家族作为战略外交世家这一事实。

边塞诗与防人歌

身上流淌着武门世家大伴家族的血液、拥有边塞之地越中国苦寒孤旅经历的家持，自然而然地对中国的边塞诗表现出了相当浓厚的兴趣。晚年的大伴家持，曾用「春日遅々として、鶬鶊正に啼く」（春日迟迟，云雀正啼）（卷19·4292左注）一句表达悲痛之情，其出处该是源自《诗经·小雅》的战争诗《出车》一文："春日迟迟，卉木萋萋。仓庚喈喈，采蘩祁祁。"这足以证明家持对中国诗歌的推崇。

中西进强调，家持之所以引用这一首中国诗歌，正说明诗歌本身已经深深地植根于他的意识之中，其带给家持的影响已不仅仅表现在遣词造句上，「うらうらに照れる春日に雲雀あがり情悲しも独りし思へば」（春日暖阳云雀飞，情到深处独自悲。）更深刻影响到家持对防人的认知。

《出车》是一首意在反抗北狄玁狁入侵的诗。

王命南仲，往城于方。

出车彭彭，旂旐央央。

> 天子命我，城彼朔方。
> 赫赫南仲，玁狁于襄。

诗中士兵领王命被派去南仲，时而北上修筑城墙，进而又要折返去南方战场。旅人被派往南方的大宰府，家持被派往北部边塞的越中国。晚年的大伴家持之所以引用《出车》中的词汇，其深层意义在于他在《出车》中看到了自己和父亲大伴旅人的影子。

这首诗里又写道：

> 昔我往矣，黍稷方华。
> 今我来思，雨雪载途。
> 王事多难，不遑启居。
> 岂不怀归？畏此简书。

有观点认为"雨雪载途"是战争结束后部队回到都城时的场景，但从"岂不怀归？畏此简书"中依稀可推断，诗中人物仍然身处战场，"雨雪载途"指的更应该是漫天飞雪的北部边塞。昔日离开都城是麦苗青青夏初时节，而今身处北部边塞入眼满是漫天飞雪。《小雅》讨伐玁狁的战争篇《采薇》中同样也收录有"昔我往矣，杨柳依依。今我来思，雨雪霏霏"的佳句。着力描画都城与边鄙之地的不同，向来是边塞诗的传统。

Ⅲ 大伴家持在边塞之国——越中

家持的和歌：

越中の風土に、梅花・柳絮は三月に初めて咲くのみ。

（卷19・4238左注）

（越中风土，梅花柳絮三月初吹耳。）

带着叹息咏唱越中国的风土，也是基于这样的习惯。

当然，家持创作的与《出车》相关联的和歌还远不止于此。

喓喓草虫，趯趯阜螽。

未见君子，忧心忡忡。

既见君子，我心则降。

赫赫南仲，薄伐西戎。

《出车》中描写了无法见到南征北战的丈夫的女性独自一人空守家门，听着虫鸣，看着蹦跳的稻蝗，满溢忧愁的闺怨之情跃然纸上。家持的防人歌也是如此，后文中将会有着重论述。

那一段时期，唐帝国由于军事扩张使得农民疲敝，特别是派遣兵将到边塞的行为成为人们抱怨的根源，间接导致府兵制崩坏，这些消息经由回国的遣唐使们上报后，随即传到了时任兵部少辅防人检校的家持耳中。防人制度在日本也逐渐成为东国农民沉重的负担，民怨之声不绝于耳。《昔年防人歌》中就

有相关记载:

> 防人に行くは誰が背と問ふ人を／見るが羨しさ物思いもせず(巻20・4425)
>
> (羡问防人路边人,不知相思几多愁。)

以这首和歌为代表的八首《昔年防人歌》,是家持在天平胜宝七岁(755)收集防人歌时即兴所作。虽然这件事本身并不能说明天平胜宝七岁以前的家持并未对防人歌有过系统的了解,但同样也很难说明家持从未听过此类的防人歌。正是家持经由各种途径更多地听到了赶赴边地的防人的歌声,才最终使得自己沉浸于大海彼岸的征夫诗当中。

与妻别离、背井离乡、翻山渡海、赶赴遥远的紫筑国,东国防人俨然就是一副唐帝国驻守边塞的征夫形象。被迫将妻子儿女留在东都洛阳,自己却只能赶赴遥远的长城边塞,或立于鄂尔多斯沙漠遥遥远眺,或是留守陇西默默思念。征夫们虽无时无刻不记挂着故乡的亲人,却只能日夜挣扎苦苦徘徊于这一念生死之间。

乐府边塞诗的特点之一,便是于浓郁的思乡情景刻画中,点出独守闺房的妻子。

> 白马黄金塞,云砂绕梦思。

Ⅲ 大伴家持在边塞之国——越中

>　　那堪愁苦节，远忆边城儿。
>
>　　萤飞秋窗满，月度霜闺迟。
>
>　　摧残梧桐叶，萧飒沙棠枝。
>
>　　无时独不见，流泪空自知。
>
>　　　　　　　　（李白《塞下曲六首·其四》）

男儿戍守边关要塞，白云黄沙回绕梦中。但不要忘了，易生悲思的季节里总还有一位苦苦思念着男儿的女性。月光下萤火虫飞来飞去，梧桐和沙棠构成寂寥的风景。思念的人儿总不得相见，妻子孤寂泪流也只能感慨命运残忍不公。这首以《塞下曲》为题的乐府边塞诗，最初两句是描写出塞男儿，其他则是在描写故乡守候的妻子。

不难想象，很多防人歌咏唱的都是征夫男儿对妻子或者情人的爱情。家持所收集的防人们创作的和歌共计86首，第14卷4首，第20卷82首，其中与妻子、情人相关的就有37首。这如实地体现了防人歌中包含着乐府边塞诗的诸多要素。对于精通中国文学、同样有着边塞经历的家持而言，增加了选择具有这种特质防人歌的可能性。

异国诗人描写留在故乡空闺中的女子，防人同样讴歌了留在家中的女子，家持选用了很多这样的和歌。

>　　匈奴数欲尽，仆在玉门关。

莲花穿剑锷，秋月掩刀环。

春机思窈窕，夏鸟鸣绵蛮。

中人坐相望，狂夫终未还。

（吴均《和萧洗马子显古意诗六首·其六》，

见《玉台新咏·卷6》）

男子手握着莲花状护手刀柄匆匆赶赴玉门关，意图剿灭匈奴，心中却思念着故乡留守在空闺的女子。织机悠悠地发出声响，鸟儿闲适地对空鸣叫，女子定是在想那征战的夫君何日才能安全归来。

战场上的丈夫思念着身靠织布机、等待自己归来的妻子，防人也一样无比思念守候在家乡期盼自己早日回去的妻子。

わが妻はいたく恋ひらし飲む水に／影さへ見えて
世に忘られず主帳丁若倭部身麿（卷20・4322）

（贤妻恋我情断肠，饮水见影永难忘。）主帐丁若倭部身麻吕

家の妹ろ吾をしのふらし真結びに／結びし紐の解
くらく思へば　昔年防人歌（卷20・4427）

（家中吾妹念真情，衣冠难解梦缠绵。）

边塞诗的诗人多擅长站在独守空闺的妻子的立场上，以第

一人称描写哀叹之情。

> 妾身守空闺，良人行从军。
> 自期三年归，今已历九春。
> 飞鸟绕树翔，嗷嗷鸣索群。
> 愿为南流景，驰光见我君。
>
> （曹植《杂诗·其三》，见《玉台新咏·卷2》）

男子赴战场，女子守空闺。女子叹道："原本三年归，三年候而逝。鸟群伴啼叫，我仍守空闺。愿随日光行，奔驰夫君边。"这里描写了抱怨丈夫赴边塞的任期明明是三年，期满却迟迟不见归来的"我"无奈独守空闺、枉自黯然叹息的形象。

家持也曾收录过专门描写防人之妻孤枕难眠、彻夜哀叹的诗歌作品。

> 草枕旅行く夫なが丸寝せば／家なる我は紐解かず寝む（卷20·4416）
>
> （行役旅夫寝台孤，纽带未解家中寝。）

> 我が背なを筑紫へ遣りて愛しみ／帯は解かななあやにかも寝も（卷20·4422）
>
> （夫去筑紫爱相离，纽带未解孤寝台。）

林田正男指出，相比昔年防人歌及东歌中的防人歌而言，第20卷中的防人歌其构思多以"旅"和"家"对比的形式出现。表现这一形式的和歌均由布势人主等编者选录。此处的"旅"意味着与故乡远隔，"家"指的则是留在家乡的亲人，特指妻子。尤其需要着重指出的是，这些和歌形式上与中国边塞诗非常相似，即男儿驻守边塞，思念故乡留守的妻子。

边境的文化

防人在漫长的旅途中担心留守故乡的家人是人之常情，不因身份高低、知识多寡而有所区别。但是，若要通过诗和歌的形式将这种感情表现出来，却并不是人人都可以做到的。

试着分析防人歌作者的头衔可知，有国造、国造丁、助丁、主帐丁、帐丁、主帐、火长、上丁、防人等，也就是说，防人也有等级之分。关于这些官衔及其上下级关系，众说纷纭，尚无定论，不过按照顺序大抵应该是这样的：国造→国造丁→助丁→主帐丁（帐丁→主帐）→火长→上丁（防人）。

官衔中带"帐"字的阶层，就如同郡务主帐的职责被规定为负责文书一样，其职责也应该属于这一类。推断防人军团应该是借用了这一名称，意义和那些掌管郡务的四等官"主帐"有所关联。这些人大多有知识、通晓文字表达，这可以从地方向中央上交的税务木简上的文字得到证明。这些人尚且如此，处于主帐阶层之上的国造丁和助丁，便不必多说了。

文字作为载体向东国传播着都城文化，也就是说，但凡能用文字表达的东西都是始自都城传播开来的。居于主帐之上的郡司等人，大多属于可以阅读、欣赏文字的阶层，因此留下了一些文字性的东西。

出土自陆奥秋田城址的木简，上面写有"天平六年""天平胜宝五年"字样，当中还有一木简上面有手抄的《文选》中曹植《洛神赋》中的一句诗。具体抄写的人是中央派向地方的上层社会人士还是从东国征发的普通士兵尚不得而知，但在偏远的边塞之地竟然有中国文学的传播，已经值得世人引起足够的重视。

笔者文中所述，"文字性的东西"指的就是前文提及的木简等，而"能用文字表达的东西"则更多的是指诗歌。针对秋田城址出土、由万叶假名写就的歌木简的解读工作举步维艰，此处仅就平川南和吉田金彦提倡的解读及训读方法聊做解析。

波流奈礼波伊河志波万（表）　　はるなれはいかしはま
由米余伊母波夜久伊和万始◎止利河波志◎（背）
ゆめよいもはやくいわまし◎とりかはし◎（平川南解读）

波流奈礼波伊万志久珂七之（表）　　はるなれはいま
しくかなし
由米余伊母波夜久伊和太狭泥止利珂波志◎（背）
ゆめよいもはやくいわたさねとりかはし（吉田金彦
解读）

（春意袭来情悲切，梦里寻闺诉衷肠。）

借由律令制度的实施、国道的修缮，往来于都城和地方的国司、搬运税赋贡品的脚夫，以及被征兵征来的农民接踵而至，中央的信息和文化也随之源源不断地被带到地方。尽管防人制度和税收制度于平民百姓而言是苛政重负，这一点毋庸置疑，但由于人员的往来使得中央文化能够传播到地方，防人制和税收制度这部分的价值也是值得肯定的。

韓衣裾に取り付等泣く子等を/置きてそ来のや母な
しにして/信濃国造　他田舎人大島（卷20・4401）
(别父牵衣诸儿哭，留守家中无母依。　信浓国造 他田舍人大岛)

前文中和歌作者位居国造，此处的国造是指"国造"还是"国造丁"不得而知，国造丁又意味着什么也无从知晓，但可以看出应该是一位拥有相当地位的官员。

至于歌中提及的「韓衣」（衣服），林田正男认为并非枕词，"极有可能作者穿的就是唐朝的服装"。木下正俊也认为"此处应该是大陆样式的衣服，指作者身上穿的盘领式（高领）戎衣"。观察埴轮的防人像可知，轻易看不到高领衣服样式，可以说，就当时条件而言，只有少部分人能够穿得上这种舶来样式的服装。都城流行的东西竟然已经流传到东国，可见当时都会文化的传播范围十分广阔。

前文中曾两次引用《洛神赋》中的句子为例，据此推断中国诗歌传播到东国的可能性也很大。防人歌中经常出现的借和歌形式表现即将奔赴边境的防人与家人离别的悲哀，难道就没有受到中国边塞诗的影响吗？

大伴家持的边塞诗

家持曾创作过三首表达防人之思的长歌。以『防人の別を悲しぶる心』《防人悲别心》为题，大多描写的是防人之妻。

试着分析『追ひて、防人の別を悲しぶる心を痛み作れる歌』（《追痛防人悲别之心作歌一首并短歌》）（卷20・4331）首句

天皇の / 遠の朝廷と / しらぬひ / 筑紫の国は / 敵守

る／鎭の城そと

（天皇置廷于筑紫，坚守外敌之重城。）

诗的开篇即郑重提示边塞之地的重要性，这与前文所述吴均的"匈奴数欲尽，仆在玉门关"意义相同。

聞し食す／四方の国には／人多きに／満ちてはあれど／鶏が鳴く／東男は／出で向かひ／顧みせずて／勇みたる／猛き軍卒と

（坚守筑紫统四方，国中人多又如何，鸡鸣齐集东国男，勇猛将士不顾身。）

针对勇猛姿态的描写，正如抚摩刀的"莲花穿剑锷，秋月掩刀环"。吴均随后又写道："春机思窈窕，夏鸟鸣绵蛮。中人坐相望，狂夫终未还。"成功将视线转向独守空闺的妻子。而家持作品

大船に／真櫂繁貫き／朝凪に／水手整へ／夕潮に／楫引き撓り／率ひて／漕ぎ行く君は

（快桨急橹满大船，风平浪静齐向前。夕潮楫棹亦欲断，乘风破浪君号令。）

中全篇都是站在妻子的视角叙述的。最后，以

Ⅲ 大伴家持在边塞之国——越中　233

事し終わば／障まはず／帰り来ませと／斎瓮を／床辺にすゑて／白妙の／袖折り返し／ぬばたまの／黒髪敷きて／長き日を／待ちかも恋ひむ／愛しき妻らは／（卷20・4331）

（男儿承命事有成，安然无恙凯旋归，床前斋瓮折袖寝，幽幽黑发铺满盈，日期夜盼君归处，可怜爱妻思恋情）

为结尾。

而此长歌的反歌[①]，则客观地叙述了夫妻长久离别的悲伤。

丈夫の靭取り負ひて出でて行けば　別れを惜しみ嘆きけむ妻（卷20・4332）

（丈夫背箭出远行，妻子叹息惜别离。）

小野宽氏认为，家持在这首和歌《追痛防人悲别之心作歌一首并短歌》中描绘的是别离妻子的叹息之景，第三段（"乘风破浪君号令"的下文）描写的其实是恋慕丈夫、待夫归来的防人妻子，并以此为全诗的收束。

中国古诗中描写夫妻别离感伤的诗篇亦不胜枚举，比如，梁武帝所作：

---

① 反歌：长篇和歌后一般会跟一首短歌，作为前一首和歌的总结和补充。

陌头征人去，闺中女下机。

含情不能言，送别沾罗衣。

（萧衍《襄阳蹋铜蹄歌一》，见《玉台新咏·卷10》）

这首诗即与家持所作的和歌有着异曲同工之妙。诗中男子远赴征战，女子再也无心织布，心中思绪万千却哀怨无言，徒然落泪沾襟。

和歌『防人の情と偽りて思を陳べて作れる歌一首』（《为防人的情感陈述作歌一首》）（卷20·4398）中，则是以第一人称视角来描写防人，同时描绘了防人妻子的悲伤之姿。

大君の / 命畏み / 妻別れ / 悲しくあれど / 大夫の 情振り起こし / とり装ひ / 門出をす / れば' / たらちねの / 母かき撫で / <u>若草の / 妻は取り付き / 平けく / われは斎はむ / 好去くて / 早帰り来と / 真袖持ち / 涙をのこび / むせひつつ / 言問ひすれば</u>

（卷20·4398）

(大王令下与妻别，伤悲徒增男儿心，整装待发出远行，慈母手抚若妻依，君斋好去及早归，持袖拭泪语哽咽。)

家持既非防人，也非防人之妻，只是客观地描写女性形象，这一点与李白、曹植并无差别。这便是家持对于文学的态度。

Ⅲ 大伴家持在边塞之国——越中　235

家持赴任越中之时，曾有过与妻子别离的经历。这里要再一次说明，越中于家持而言，恰如边塞之地，将妻子留在都城而自己赴任越中，二人作别的经历就等同于东国甚至唐朝的边塞将士们被迫与妻子分离的境遇。

ぬばたまの夜渡る月を幾夜経と　数みつつ妹はわれ待つらむそ（卷18・4072）

（明月悬空又几宵，发妻细数待我归。）

前文中曾有提及，家持的这首和歌读来会让人忆及边塞诗《关山月》，在此特别分析一下前面所提及的李白的《塞下曲六首·其四》：

白马黄金塞，云砂绕梦思。
那堪愁苦节，远忆边城儿。
萤飞秋窗满，月度霜闺迟。
摧残梧桐叶，萧飒沙棠枝。
无时独不见，流泪空自知。

家持的和歌与李白的诗歌主旨相同。家持这首和歌在左注中有"和风稍扇"的字样，意指萧瑟之意。

与此同时，家持于多首长歌中都曾描绘过空闺中的妻子坂上大娘的形象。

妹もわれも / 心は同じ /（中略）大君の / 命畏み
あしひきの / 山越え野行き / 天離る / 鄙治めにと /
別れ来し /（中略）/ 玉鉾の / 路はし遠く / 関さへ
に / 隔りてあれこそ（巻 17・3978）

（爱妻之心乃吾心，（中略）奉王严命翻山行，远在
天边治鄙邑。别离之后无相见，（中略）路远隔关相
见难。）

这首题为『恋の緒を述べたる歌』（《叙恋歌》）的恋歌，描写自己在越中国的春夜里思念妻子坂上大娘的心情和想象二人相互思恋，于梦中相见的情景：

敷栲の / 袖反しつつ / 寝る夜落ちず / 夢には見れど
（夜夜辗转翻袖寝，梦中相聚可攀牵。）

而独守闺中的女子，犹在叹息。

ぬえ鳥の / うら嘆けしつつ / 下恋ひに / 思ひうらぶ
れ / 門に立ち / 夕占問ひつつ / 吾を待つと寝すらむ
妹を / 逢ひて早見む。

（子规啾啾啼叹息，思恋戚戚卧心底。倚门问道又占
卜，枕夜难眠待吾归。爱妻思来那堪情，归心似箭与
妻会。）

Ⅲ 大伴家持在边塞之国——越中　237

这一段堪称是完整的一首闺怨诗了。家持曾在「ぬえ鳥の うら嘆けしつつ」（子规啾啾啼叹息）一句前写道「近江路に い行き乗り立ち　青丹よし　奈良の吾家に」（踏上归途近江路，青茵奈良是故乡）。夫妻二人分离甚远，虽有近江路将越中与奈良连接在一起，但苦于路途遥远，相见恨难。令人不禁想起《文选·古诗十九首》（作者不详，但在《玉台新咏》中为枚乘的杂诗九首之一）中的一首：

> 行行重行行，与君生别离。
> 相去万余里，各在天一涯。
> 道路阻且长，会面安可知？
> 胡马依北风，越鸟巢南枝。

诗中"胡马依北风，越鸟巢南枝"一句表达了对妻子所在故乡的思恋。可以说家持就是北风中嘶鸣的胡马，而坂上大娘就是栖于南枝巢中的越鸟。

在越中的家持还写过许多长歌，或是描写远隔故都、遥相守望的心境，或是描写妻子对远在边境的丈夫的思恋。

大君の / 任のまにまに / 大夫の / 心振起し / あしひきの / 山坂越えて / 天離る鄙に下り来 /（中略）/ はしきよし / 妻の命も / 明け来れば / 門に倚り立ち /

衣手を/折り反しつつ/夕されば/床打ち払ひ/ぬばたまの黒髪敷きて/何時しかと/嘆かすらむそ（巻17・3962）

［奉行大王之严令，雄心勃勃男儿心。翻山越岭来边鄙，（中略）可怜爱妻待天明，倚门伫立仰天空。辗转反折衣袖寝，夕阳西下梦中逢。拂床卧枕敷黑发，长叹几时能有终。］

珠洲の海人の/（中略）/はしきよし/妻の命の/衣手の/別れし時よ/ぬばたまの/夜床片さり/朝寝髪/搔きも梳らず/出でて来し/月日数みつつ/嘆くらむ/（巻18・4101）

［珠洲之冲采珠客，（中略）爱妻牵袖离别后，独宿夜床空一人，朝起蓬发乱糟糟，无心静坐始梳妆，出门在外几时归，屈指数日长叹息。］

大君の/遠の朝廷と/任き給ふ/官のまにま/み雪降る/越に下り来/（中略）/石竹花が/その花妻に/さ百合花/後も逢はむと/慰むる/心しなくは/（巻18・4113）

［大王远地置朝廷，受命为官赴任中，漫天飞雪越中国，（中略）石竹花开花似妻，百合花开花有缘，如

Ⅲ 大伴家持在边塞之国——越中

若无花借此心……]

其实，这些和歌的思路大都与边塞诗如出一辙。

可以说常读《文选》、熟悉《玉台新咏》的家持将边城的自己和故都的妻子与边塞诗中两地远隔的男女等同起来了。笔者并不认为家持借和歌形式表达的防人之情没有限定的对象，于歌人家持而言，其和歌中的防人即是边塞诗中的防人。

06

一个波斯的银皿

时任越中守的家持,到底是作为被选拔到中央直属部门的年轻官员,被一时派驻地方锻炼锻炼呢?还是遭到贬谪被下放到越中呢?这些都不得而知,或许这本身就不是一个简单的二选一的问题。藤原时期的年轻官员并非必须要调任地方历经锻炼才能获得出人头地的机会,甚至时常会有即便接到命令也不甘前往赴任的情况出现。如此一来,即便调任地方是迈向更为光明仕途的重要一步,与那些仍留在京城的同僚相比,家持本人或许多少会感觉到一种被贬谪的酸楚滋味吧!

即使是家持崇敬的山下忆良,升迁无望,在筑紫(分为筑前和筑后)担任筑前守时,也仍然是心恋国都奈良,尽管他所在地方的文化氛围仅次于京城。

山下忆良曾抒发过如此叹息——

天ざかる鄙に五年住まひつつ／都の風俗忘らえにけり（卷5・880）

（远居鄙隅逾五载，京城风俗忆尘前。）

也曾恳请、拜托返都的大伴旅人为自己斡旋——

吾が主の御霊給ひて春さらば　奈良の都に召し賜はね（卷5・882）

（倘若大王施咸恩，春来赐我归奈良。）

处在筑紫尚且如此，更何况处在北疆边塞的越中呢？平安时代源顺由越中国调任分离出来的能登国，面临的情况与山下忆良颇为相似，都是升迁无望，又都是被同僚视为无法再度进入中央集团的弃官。纵然已是地方的最高长官，仍不免在送别宴上叹息道：

越の海に群れがはゐるとも都鳥／都の方ぞ恋しかるべき

（纵落越海亦都鸟，离巢岂有不恋枝。）

席间送别的同僚接话道：

刺史三百盃と雖も／強ひて辞すること勿れ／辺土は
これ酔郷ならず／此の一両句重ねて詠むべし／北陸
豈詩の国ならんや　（慶滋保胤『本朝文粋』）

（刺史三百莫强辞，边土不为醉酒乡。此一两句可重
咏，北陆岂能成诗国。）（庆滋保胤《本朝文粋》）

即便将之视作升迁前的必经之路，奔赴地方任职，然而，日后返京后的仕途也很难有保障，甚至还可能由于权力平衡关系的变化，再难在仕途上迈出原本计划好的下一步。

于家持而言，出任地方官本是为升迁所做的战略准备，然而事实上，宦海生涯中的大半时光被派遣至地方虚度，甚至最后还被调任到陆奥国。晋升必经路的美名早已遮掩不住被朝廷放逐的残酷。自天平胜宝元年（749）至宝龟元年（770）为止，近20年的时间里，家持一直担任越中守，占据着从五位的官职，仅这一点就极其不可思议、非同寻常，足以启人疑窦。

换个角度，试着将家持视为赴任北疆的武人，是他令弁正诗中边塞人赋的《折杨柳》《关山月》获得了新生。充分理解边塞诗精神的家持携手归国遣唐使布势人主，共同汇集了大和风格的边塞诗（也就是防人歌），同时自己也站在防人的立场上创作了不少表达对无奈留守家中的妻子思恋之情的佳作。

另外，虽然从未到过海外，但家持对未曾见过的国家抱有非常强烈的憧憬，曾将红楠树咏为生命之树、将桃树下的少女咏为树下美人、将井边的猪芽花咏为生命之水催开的鲜花、将树间的飞鸟咏为画中意象，他创作的和歌中到处流露着东亚广泛流传的多种思潮。

这不禁令笔者忆起一个波斯银皿上的雕刻。那是一个收藏于汇聚了丝绸之路多种文化印记的艾尔米塔什美术博物馆的藏品，是波斯萨珊王朝时期的文物。

银皿上雕刻着延伸到天空的生命树，其根系浸没在生命之水中，树下是哺乳幼崽的雌兽，皿中还雕刻着鲜花与鱼鸟。皿中雕刻的雌兽象征着高产与丰收，如果将雌兽换成人的话，那树下动物图就变成了树下美人图。

凝聚在银皿中的欧亚大陆的文化思想，于家持和歌中也可以窥见一斑。

人们提起大伴家持，首先想到的大概不会是其边塞诗人的身份，或其诗歌中流露的欧亚大陆文化思想，最先浮现在脑海的，应该是他作为《万叶集》编者的身份。

但是，事情并非如此简单。之所以这么说，是因为现今《万叶集》的通行版本有20卷，收录和歌4516首，其整理过程绝不会是一蹴而就的。尽管其中最主要的部分是家持在世时完成的，但二次整理阶段，即约天平十五年（743）、十六年（744），家持当时不满30岁，尚未创作卷17之后的和歌，故而理论上说，家持不可能是《万叶集》的编者。

粗略推算，家持应该是于天平十五、十六年前后接手了《万叶集》的整理工作，并于天平宝字三年（759）完成了现如今我们有幸看到的20卷《万叶集》的编纂工作。也就是说，家持更应该被视作《万叶集》的增补者，而不是编者。

《万叶集》的诞生与家持本人无关。

那么，《万叶集》究竟又是如何被整理成册的呢？这是一个相当难解的问题，也是一个不可仅仅局限于奈良时代，更需要将视野拓宽到整个平安乃至镰仓时代的和歌史中方能深入研究的大课题。笔者曾在拙作《王朝歌坛的研究——桓武仁明光孝朝篇》中有过较为详尽的论述。

在此，谨将话题转向"万叶集形成之谜"，梳理一下最初的核心部分，即《万叶集》的形成。借由丝绸之路，自长安一路远涉重洋到达彼岸，眺望《万叶集》，并沿袭这一思路进一步考究《万叶集》的诞生。

下一章将会转向《万叶集》为何、如何、何时诞生这一主题。

IV 《万叶集》的诞生

01

《万叶集》构成上的不可思议之处

繁多的分类方式

虽然前文论述了山下忆良、大伴家持等具有国际视野的歌人及其作品,但囊括这些作品的《万叶集》是如何诞生的呢?

分析《万叶集》各卷时可以发现,和歌之间的意趣横生的地方互有不同,当笔者进一步察觉到其本身的杂合性,竟不由得吃了一惊——《万叶集》各卷的编辑方针都是不尽相同的。

仅以最初的一卷与最后一卷举例,卷1上有直接表明分类情况的「雜歌」(杂歌)字样,而卷20却没有类似的标注,直接由『山村に行幸しし時の歌二首』(《逢御幸山村作歌两首》)（卷20·4293)开篇。

中间的卷10分为"春杂歌""春相闻""夏杂歌""夏相闻""秋杂歌""秋相闻""冬杂歌""冬相闻"，依四季分类，井然有序，应该是平安时代的敕撰集[①]。

笔者对平安时代的歌集向来亲近，这种按四季分类的形式初入眼帘时很是开心，于是马上着手分析其他各卷、各部分是否也有依据四季分类的情况。而卷8与卷10的分类方式如出一辙，只不过有一点不同，卷8有类似『志贵皇子の僖びの御歌』（《志贵皇子所作悦之歌》）（1418）、『大伴家持の坂上大孃に贈れる歌』（《大伴家持赠坂上大娘之歌》）（1448）等注明了各歌作者的题目，而卷10则没有相应的标注。

纵览全集，总结一下分类方式类似的各卷，其中括号内，是分类方式趋向一致的卷集。

按杂歌、相闻、挽歌分类：

卷1　杂歌（至和铜五年）

卷2　相闻（初期、白凤期）、挽歌（至灵龟元年）

卷4　相闻（至天平十六年）

卷5　杂歌（至天平六年）

卷6　杂歌（至天平十六年）

[①] 敕撰集：奉天皇、上皇等的命令编纂的和歌集或汉文诗集。

卷9　杂歌（平城期）、相闻（至天平五年）、挽歌（至天平十五年前后）

卷3　杂歌（至天平五年前后）、譬喻歌（至天平五年前后）、挽歌（初期、白凤期至天平十六年）

卷7　杂歌、譬喻歌、挽歌（年代不详）

卷13　杂歌、相闻、问答、譬喻歌、挽歌（年代不详）

卷14　东歌、相闻、譬喻歌、杂歌、相闻、防人歌、譬喻歌、挽歌（年代不详）

按四季分类

卷8　春杂歌、春相闻、夏杂歌、夏相闻、秋杂歌、秋相闻、冬杂歌、冬相闻（至天平十五、十六年）

卷10　春杂歌、春相闻、夏杂歌、夏相闻、秋杂歌、秋相闻、冬杂歌、冬相闻（年代不详）

按正述心绪、寄物陈述分类

卷11　旋头歌、正述心绪、寄物陈述、问答、正述心绪、寄物陈述、问答、譬喻（年代不详）

卷12　正述心绪、寄物陈述、正述心绪、寄物陈述、问答歌、羁旅发思、悲别歌、问答歌（年代不详）

Ⅳ《万叶集》的诞生　251

其他分类

卷16　有由缘并杂歌（至天平十六年）

无分类

卷15　（至天平十六年前后）

卷17　（至天平二十年春）

卷18　（至天平胜宝二年二月）

卷19　（至天平胜宝五年二月）

卷20　（至天平宝字三年正月）

经分析得知，全集并未统一。

虽说《万叶集》是一部包括上自天皇、下至庶民创作的国民和歌集，但翻开卷1，却没有丝毫庶民的气息，卷1中依次排开的是以天皇为中心的宫廷歌。

这种情况一直延续到卷14才陡然一转，列于卷14中的不再是宫廷诗人所创和歌，而是东国庶民的和歌。怀着敬仰的心情写下"泊濑朝仓宫御宇天皇代""大泊濑稚武天皇"（卷1）的编者，与怀着激情与热情收集、整理东国农民和歌的编者，又如何会是同一个人呢？

另一部和歌集《古今集》实际上是由多家歌集拼合而成的，也就是说，《古今集》汇集了大量的个人歌集，于编辑时拆解且重新整理，最终得以汇集成为一个整合体。

相较于《古今集》，《万叶集》的构成自然也离不开汇集个人创作和歌的基础，但其中能更多的发现个人歌集被直接收录的现象，如卷7、卷9、卷10、卷11、卷12、卷13、卷17、卷18、卷19以及卷20。特别是卷17之后的卷集，可以说完全是以家持作品为核心的和歌日记，因此，有人索性称《万叶集》为《大伴集》。另外，《万叶集》中也有根据地区分类收集整理和歌而成的卷集，如卷5的《大宰府歌》、卷14的《东国歌》等。

于看惯了《古今集》这种敕撰集的我而言，《万叶集》简直称得上是一部奇妙的歌集。不同的敕撰集情况有所不同，《古今集》内容部分被整理得井然有序。自卷1至卷7，是从初春到冬末的四季歌，之后是恭贺、离别、旅行、物名；卷11至卷20是恋歌，从男女之间爱情萌生伊始直至二者关系破裂，在故事情节的整体编排上具有一定的关联性；其他如挽歌、杂歌、大歌所御歌等则共同构成20卷。全书作者介绍、序言、注释格式均保持一致。

相较而言，《万叶集》则显得有些杂乱无章。如若非要探究《万叶集》的编者究竟是谁，面对眼前这零乱的样子，也只好回应《万叶集》并没有什么编者了。

关于各卷的编者

即便是有编者,那也只能追溯各卷的编者,绝非一个人。

有的编者运用较为古老的分类法,将其分为杂歌、相闻、挽歌三部分;有的编者却并没有按照相同方式,而是将其按照四季或其他方法予以分类。这些显然非一人所为。

前一种分类方式,尽可能在每首诗歌中明确记录下与之最接近的年代信息,但仔细研读后偶尔也会发现有很多作品其实完成于天平十五年(743)、十六年(744),如卷4、卷6、卷9、卷3、卷8、卷15、卷16。这些卷的编者的习惯很明显与卷17及其之后编者的习惯截然不同。

现存的《万叶集》古抄本并不能追溯至平安时代中期。全书20卷的抄本,必须退回到镰仓时代。至于那些退回到遥远的奈良时代的抄本中的文字记录,难免留存这样的疑问:有多少是当时编辑而成的呢?排除文字记录的问题,即便按照当时的编辑书写的话,也不可能形成全卷统一的记录格式。恐怕只会导致表意文字并用的卷与字音假名记录的卷混杂在一起的情况。

进一步分析可知,两种记录方式在各卷中存在着明显不同,从而再次证明《万叶集》的编辑工作绝非一人完成。难以想象有哪一位编者只是简单地将一卷甚至多卷构成的歌集收集在一起，拼凑整合成 20 卷。

《古今集》的编者，带着极其明确的编者意识洋洋洒洒地为该书作了序言：

> 悲しきかな、悲しきかな。貴きことは相将を兼ね、富めることは金銭を余すといへども、骨未だ土中に腐ちざるに、名は先たちて世上に滅す。たまたま、後世のため に知らるるは、唯和歌のひとのみ。
>
> （可悲、可叹。有人不仅身兼官职，而且家财万贯，虽说如此，还没等到尸体在土地里腐烂，早已被世人所遗忘。偶尔，被世人所知道，也是通过和歌。）

借以歌颂文学不灭的喜悦。

反观《万叶集》并没有类似的序言。成书于宝龟三年（772）的《歌经标式》倒是有作者藤原滨成所作的序言，点明和歌的精神是游乐之心。天平胜宝三年（751）从越中回京的家持，其所作《怀风藻》也有序言。《万叶集》一书没有序言，只能说明整合 20 卷的编者根本就没有有意从事编者的工作，脑海中并没有身为编者的意识。

于是，作为最有可能的编者题名，大伴家持出现了。最早提出家持是编者这一观点的人是《新古今集》的编者藤原定家。

理由是，家持是最年轻的万叶歌人，时间层面最新的和歌也都是由他创作的作品，书中收录作品数量也最多，特别是卷17之后，基本是以家持和歌为中心编辑而成的。

如果认为《万叶集》就像其本人着手完成《新古今集》那样一次性定稿的话，那么定家的观点理论上倒也是成立的。那些认为编者不是家持，甚至早于家持的想法，与实际情况矛盾，不相符合。

如果说各卷各首和歌是分别独立完成的，情况就该另当别论了。人们通常称卷17之后的部分为"家持歌日记"或者"大伴集"，从定家的理论出发，确实是可以引出这样的结论，也就是说，可以确认家持就只是卷17以后的编者。

编者的"侍臣"为何人？

想必平安时代的人们也一定曾思考过定家的理论，却并没有人提出编者是家持本人这一说法。

最早将编者问题提上日程的是9世纪后半期的清和天皇。天皇曾向文屋有季提问："《万叶集》大概什么时候完成的？"如果知道编者的话，就应该推论得出成书年代，但分析天皇的问话大体可知，天皇也并不知晓《万叶集》的成书年代及其编者。

和家持同辈的宫廷人员多数也经历过清和年代。如果编者真是家持，这些活着的证人一定会将此事上奏给天皇吧！

面对天皇的询问，有季曾答道：

神無月時雨降りおける楢の葉の　名に負ふ宮の古言ぞこれ（《古今集》997）

（十月时雨降楢叶，此乃名负宫古言。）

如此看来，有季也不清楚答案，回答模棱两可，有意避开了编辑年代的问题："奈良时代的歌就这样。"

纪贯之等《古今集》的编者们，曾在序言中提到过《万叶集》成书的话题：

昔、平城の天子侍臣に詔して万葉集を撰ばしむ。

（昔日，平城天子召集侍臣令编纂《万叶集》。）

纪贯之等人因自己被选为敕撰编者而倍感欣喜，他们列举了《万叶集》作为敕撰集先例。

如果真是这样，他们就一定会将作为前辈的《万叶集》编者的名号一一列举出来。然而事实是，虽然在序言的其他地方提到了万叶时代歌人代表柿本人麻吕和山部赤人的名字，但涉及编者一说，却含糊其词只以「侍臣」（侍臣）二字一笔带过。之所以没有明确地标注编者的名字，归根到底还是因为纪贯之等人也不知道《万叶集》成书的编者到底是何方神圣。

为什么没有人知道《万叶集》成书的编者？为什么编者的姓名没有流传于世？多半是因为每一卷的作者都不一样，编者不是只有一个人。

平安时代的个人歌集——私家集在书写、流传过程中，和歌的增加、修改，顺序的调整，创作意图的归纳等事于编者而言理所应当是分内的工作，笔者认为《万叶集》也理当如此，概莫能外。平安时代出现了很多《万叶集》的手抄本，且都是以《万叶集》这一个名字流传下来的。如果真是这样，就必须认识到即便每一个单卷都有存在多个编者的可能性。换句话说，是其特有的复杂性将编者的名字埋没了。

虽然有人将这20卷收集、整合，但却几乎没有人完成编者应该完成的工作。话虽如此，其中确实很难回避一个问题，即如何界定编者的职责范围，何等程度才算是完成了作为编者应该履行的职责。

《古今集》的编者以"平城天子"的名字做了具体的标注，如果认定了编者是平安朝廷的侍臣的话，是否就应该更清楚地标注好编者应该注释的地方，比如"家持对其进行了修改""《万叶集》诞生于平城朝""公开流行于平城朝""或多或少加了注释"，或者"万叶集这一名称由平城天皇认定""平城天皇随意御览后认定"等，换句话说，即便抛开我们当下对"撰写"

或"编辑"等词义的一般理解，但凡寥寥几笔，哪怕只是将此20卷简单地排列在一起，甚至也可以勉为其难地认为是做了相应的编辑工作了，然而事实上并没有。

《万叶集》的编纂意识

仅仅是将20卷整合在一起，此外并没有做任何具体编者应该做的工作，说明最初针对《万叶集》的编辑行为本就没有什么目的可言。江户的万叶学者契冲通过将《万叶集》卷首歌与第20卷的卷尾歌进行对照解析，说明了《万叶集》编辑工作的本质。之后，虽然也曾有学者尝试着做过类似的比较分析，但每每被问及有关《万叶集》编辑的目的、方针时，依然是无从谈起。

其实，问题的根本就在于《万叶集》这一名称的存在。《万叶集》这一名称是什么时候起的？既然起名《万叶集》，那就说明编者是有意将这个歌集视为"万叶"歌集的。那么，"万叶"到底又是什么意思呢？

事实上，笔者并无意探究20卷《万叶集》编辑的意识，而是尊重编者当初以"万叶"一词命名时的意识。这才是整部歌集的本质特征所在。

Ⅳ 《万叶集》的诞生　259

02

《万叶集》的诞生

现存《万叶集》的原型部分

《万叶集》卷1,以5世纪雄略天皇创作的歌为卷首,续以相隔近200年之后7世纪舒明天皇创作的和歌,再然后便延伸到了8世纪的奈良时代。舒明之后的王朝按照皇极、齐明、天智、天武、持统、文武、元明的顺序排列,除了紧跟皇极之后的孝德朝,所有王朝都被排列其中。

卷2如出一辙,以5世纪帝王仁德皇后的歌为卷首,中间有250年的空白,紧跟着是7世纪天智天皇的歌,最后进入奈良时代。天智之后是天武、持统,构成卷2前半部的相闻歌。后半部分挽歌部分,则是从皇极开始,按照天智、天武、持统、文武、元明的顺序排列。

显然,卷1、卷2是按照王朝的顺序来排列的,有符号标记,构成有序。所谓标记,指的是明确注明了如"泊濑朝仓宫御宇天皇代""难波高津宫御宇天皇代"等相应的王朝名字。

按照王朝顺序排列,附上标记,然后再将其细化,按照年代顺序将和歌进行排列,毫无疑问这应该是《万叶集》歌集诞生时期的编著方式。

卷1、卷2两卷中并非每一首歌都有标记。卷1从卷首歌开始到第53首歌、卷2从卷首的第85首歌开始到第202首歌都被归纳在同一类标记之下。

那么,是否可以推论卷1、卷2中有着标记的和歌就属于同一个时期编著成卷的呢?答案并非如此。二者题词的书写方式尚存不同。虽然表面看来,两卷在题词部分都一样标注了作者的名字,但卷2另外还标注了和歌的数目。

中皇命の紀の温泉に往しし御歌(中皇命前往纪之温泉御歌)(卷2·10题词)

岩の姫皇后の天皇を思ひて作りませる御歌四首(岩姫皇后思天皇所作御歌四首)(卷2·85题词)

卷2全卷150首和歌无一例外都标注了数目。其他不同点如卷1中天皇的歌被标注为「御制歌」（御制歌），卷2则只标注为「御歌」（御歌）。诸如此类，二者之间细节上的微妙差异足以说明，即便仅仅是这两卷，也应该是由不同的人在不同的历史时期编著成卷的。

若要从现在的《万叶集》中找寻初期《万叶集》成书的痕迹，更多要从卷1的53首和歌着手了，这部分和歌多是由雄略、舒明、皇极、齐明、天智、天武、持统天皇创作而成的。建议读者应该将这一部分《万叶集》与现今流行的《万叶集》区别开来对待，因为这一部分才是真正意义上的《万叶集》。

《万叶集》的增补与删减

尚不清楚《万叶集》最初是否只是由这7朝53首和歌汇集而成。

平安时代的万叶资料中显示，《万叶集》其形成过程相当复杂。仅以那首著名的、以香具山耳梨山争夺亩火山故事为背景创作的大和三山歌举例浅析。

中大兄（近江宮に天の下知らしめしし天皇）の三山の歌一首

香具山は / 畝火ををしと / 耳梨と / 相争ひき / 神代

より／かくにあるらし／古昔も／然にあれこそ／うつせみも／嬬を／争ふらしき／（卷1・13）

（天智天皇三山之歌中的一首：香具山恋亩火山，誓与耳梨山争先。自古神代已如此，我等争妻又何妨。）

香具山はと耳梨山とあひし時／立ちて見に来し印南国原（卷1・14）

（香具耳梨争千秋，神降播磨印南乡。）

わたつみの豊旗雲に入日射し　今夜の月夜さやけかりこそ（卷1・15）

（大海原上旗云卷，夕阳映照月静谧。）

名义上虽说是三山之歌，但作为其反歌，第15首却是一首显而易见的海之歌，令人诧异，其左注中写道"右边的一首诗歌，与现在所考虑的反歌并不相似"。勉强可以解释为，作者是为了让人联想到拥有印南野的播磨海上三山争妻的传说刻意而为之。

针对此处题词表达与卷1其他歌存在明显不同的问题，实在难以给出圆满的解释。问题一，尽管是天智天皇所创之歌，但与其他人物不同，没有使用"中大兄皇子""三山之御歌"之类的敬称。问题二，题中注明"一首"用以记载和歌数目。

Ⅳ 《万叶集》的诞生　　263

藤原定家藏有世代相传的《万叶集》珍本。定家也曾著有《长歌短歌之说》借以探讨《万叶集》中的长歌，但这其中并没有关于第13首长歌的记载。

反歌与长歌不甚一致，没有使用敬称，没有标记歌的数目，这些在《长歌短歌之说》中竟然没有被提及，如此多的疑问，很难给出满意的解释。最有可能的解释是，这首歌创作于尚没有必要对"中大兄"使用敬称的时期，或者说这首歌是由与卷1编者之外的另一位编者增补进去的。考虑到类似的情况不仅仅局限于这一首和歌，建议世人应该全盘考虑《万叶集》的增补、遗漏与删减相关的所有问题。

《万叶集》何时诞生

关于《万叶集》的诞生年代，可尝试通过对卷1的53首和歌的考察进行推断。问题的关键点在第45首歌的题词上。

早期《万叶集》卷1的结尾部分，自第50首以下4首，和歌内容涉及自藤原宫的兴建到迁都。《万叶集》中的和歌，基本按照年代顺序来排列，鉴于破土奠基仪式之后的和歌创作于持统五年（691）十月新城兴建前后，推断在此之前的第45首和歌大体应该创作于持统五年（691）之前。

但是，分析第45首歌的题词可以发现，歌中称呼文武天

皇为"轻皇子":

> 軽皇子の安騎の野に宿りましし時に柿本朝臣人麻呂
> の作れる歌
>
> （轻皇子宿安骑野之时，柿本朝臣人麻吕所作歌。）

「軽皇子」即轻皇子，是天武天皇之孙，草壁皇太子之子，原本是「軽王」（轻王）。他的父亲草壁皇太子还未继位，便于持统三年（689）去世了，之后一直没有皇太子，直至持统十二年（文武元年，698）二月立轻王为太子，后者于当年八月登基成为文武天皇。

因此，推论第45首歌创作于持统五年（691）之前的"轻王"时代，而不是"轻皇子"时代。题词中将"轻王"写成"轻皇子"的行为昭示着该题词应该是持统十二年（文武元年，698）二月"轻王"被立为"轻皇子"之后编写的。因此，可以得出一个结论，即《万叶集》的编辑不应是在持统朝，而是在文武朝以后进行的。

另外还有第40至第44首和歌，内容涉及持统六年（692）持统天皇驾临伊势，但第44首的题词是：

> 石上大臣の従駕にして作れる歌
> （石上大臣随行所作歌）

Ⅳ 《万叶集》的诞生　265

石上麻吕于文武朝庆云元年（704）正月任职大臣，《万叶集》题词中既然出现「大臣」（大臣）字样，说明《万叶集》的编辑应该是在庆云元年之后进行的。

参考前文分析情况，可以了解到收集在《万叶集》中的歌，主要以舒明朝至持统朝，持统八年（694）藤原宫廷迁都时期的歌为主，其诞生时间距文武朝庆云元年（704）不远。

《万叶集》诞生与东亚之国际形势

《万叶集》诞生前后的文武朝，是一段极其重要的政治转型时期。

自天智八年（668）派遣遣唐使河内鲸出使以后，天武、持统两个朝代跨越近30年间再未曾派遣遣唐使出使。这30年间文武朝整治国内体制，如豪族私有民制度的废除，八色姓的制定，律令制定诏书的颁布，以及国史的编纂等。虽说这些政策本身是为了稳固国内体制，但不能忽视彼时外部的整体环境，即7世纪东亚国际形势的影响。

齐明天皇七年（661），唐、新罗联军于朝鲜半岛进攻百济，日本向百济派遣了救援军队，但却以天智二年（662）白江口战役失败而告终。天智三年（663）到天智十年（670），为了向日本施加军事压力，大批唐朝使节先后五次来到日本，致使日本的外交一直处于极为被动的局面。

为了改变形成于天智时期极为被动的外交局面，整顿国内体制成了当务之急，于是天武、持统朝便出台了新政。30年间，除了新罗朝贡和持统四年（690）唐僧到访日本，再没有开展任何形式的外交活动。

基于这样一种东亚形势，文武大宝元年（701）日本再度派遣遣唐使的行为可视为是其律令制国家体制整治完毕后首次积极主动寻求的外交活动。直接参与了律令制改革的粟田真人亲自作为遣唐使前往大唐就足以说明这一点。于对外关系中最早使用"日本"这一国号，也是从这一批遣唐使开始的。这在外交层面上来讲，是一次具有划时代意义的派遣，与持统朝之前的情况不同，此次外交行为标志着一个新的国家的诞生。

从整顿国家体制到积极的外交政策，《古事记》《日本书纪》《风土记》等作品就是在这样一个时代背景下诞生的。关于东亚诸国的史书编纂，井上秀雄认为：在与中国展开外交，或者说在与之相邻的朝廷的推动下，国家得以开始进行初步的国家史书编纂，推古二十八年（620）《天皇记》《国记》就是在这样的背景下诞生的。

那么《日本书纪》的编纂又是什么时候开始的呢？虽然也没有一个明确的时间表，但和铜七年（714）有一个重要的记载：「国史を撰ばしむ」（编写国史）。有人将此视为开始编纂《日本书纪》的时间。在国家积极外交政策背景下展开的《日本书纪》编纂，绝不可能只是以简单记录国内政策为目的，黛弘道氏认为，彼时日本已然萌生了向海外展示本国历史的意图，也就是说，对外意识的形成是《日本书纪》编纂的前提。

笔者认为《风土记》并没有对外彰显日本本土风情的意图，但确实是以中国地志为范本编纂而成，如果形式上是模仿中国史书的地理志、郡国志、州郡志的话，那么甚至可以认为《风土记》的编纂也是国家意志的体现。

处于这样的国际环境当中，日本开始《万叶集》的编纂。试想，《万叶集》本就诞生于国际化推进过程，我们却刻意避开这一因素而仅仅从国内视角出发片面研讨，这种方式合乎常理吗？就如同在对外意识形成过程中展开修史事业一般，为了宣扬国威方得以编纂而成的《万叶集》，需要人们更多地从对外关系处理的角度出发，拓展研究方向。

《万叶集》为皇家歌集

早期《万叶集》卷首第一首歌是雄略天皇御制的国土经营宣言，第二首是舒明天皇展望国景的歌，最后是藤原宫赞歌，显然，歌集本身并不是庶民阶级的和歌集，而是皇家的和歌集——自天皇到即将成为天皇的王室家人的歌集。书中虽然也收录有上自大臣、下至平民创作的和歌,但作者多是以天皇家族例行诸如迁都、巡行进行公事时的随从的身份出现,若仅仅是以个人身份是没有这个机会和资格的。按照平安时代的说法,《万叶集》就是自舒明天皇至持统天皇的皇家和歌集,内容涉及的是清一色的皇家生活,如都城建设、地方视察、皇家狩猎、皇室爱情等。

如此这般富有活力的文集现世,在日本是没有先例的。深究其描绘的世界,与中国《诗经》极为相似。

卷首的《雄略歌》,据传原本是春游采菜时咏唱的歌,描写的是男青年对采菜少女的爱慕之情。这不由得让人联想起《诗经》的冒头诗《关雎》:

> 参差荇菜,左右流之。
> 参差荇菜,左右采之。
> 参差荇菜,左右芼之。

这是一首向正在采摘荇菜的少女表达爱恋之情的情歌,其主题与《雄略歌》所要表达的主题竟也完全相同。

只是《万叶集》开头,《雄略歌》并非以原野春游的恋歌形式出现。

而是加上了:

そらみつ / 大和の国は / おしなべて / 吾こそ居れ / しきなべて / 吾こそ座せ / (卷1・1)

（高天之下大和国，吾为万物之统领，万物皆为吾所治……）

于是，后半部分随即改头换面，摇身变化成为一首帝王治理国土的和歌。

确切地说，根据后半部分的推测，前文中的少女便不是一般的农家少女，而是坐拥广阔土地的地主家的女儿，向地主家的女儿求婚，意义深远，预示着雄略天皇在向土地以及拥有这片土地的豪族宣告，要求二者双双向自己臣服。这些可以被看作是情歌的变形，与歪解《关雎》成为「関雎は后妃の徳なり」（关雎为后妃之德）从而置于《诗经》开头的做法如出一辙。

紧随《雄略歌》其后出现的是舒明天皇的《国见歌》，一首不折不扣的治国理政的和歌。

天皇の、香具山に登りて望国したまひし時の御製歌
大和には / 郡山あれど / とりよろふ / 天の香具山 / 乗り立ち / 国見をすれば / 国原は / 煙立つ立つ / 海原は / 鷗立立つ立つ / うまし国そ / 蜻蛉島 / 大和の国は / (卷1・2)

（天皇登香具山，眺望国土之时所作御歌：大和国之

万重山，近在咫尺香具山，登高远望国之势，平地升
起万家烟，白鹤群起戏水面，万物生机之大和。）

能够看到海鸥在海面飞翔，"大和"并非普通意义上的大
和之地，而是"日本"。这首赞美统治者的和歌，其政治色彩
极为浓郁，与《周颂》笔下以《天作》[①]《时迈》[②]《般》[③]描
绘王土之举有着异曲同工之妙。

天作高山，大王荒之，彼作矣，文王康之，彼徂矣，
岐有夷之行，子孙保之。（《诗经·周颂·天作》）

诗的大意是，上天造就岐山高，大王开始来开荒。百姓在此盖
新房，文王让民享安康。民众奔往岐山旁，岐山大道坦荡荡。
子孙永保这地方。《舒明歌》中的「国原は　煙立つ立つ」（平
地升起万家烟）和《天作》中"文王康之"有异曲同工之妙。

时迈其邦，昊天其子之，实右序有周。薄言震之，莫
不震叠。怀柔百神，及河乔岳，允王维后。（《诗经·周
颂·时迈》）

[①] 天作：《诗经·周颂·天作》是中国古代第一部诗歌总集《诗经》中的一首诗。这是周武王在岐山祭祀从古公亶父至周文王等历代君主的诗歌。全诗1章，一共7句。

[②] 时迈：《诗经·周颂·时迈》是中国古代第一部诗歌总集《诗经》中的一首诗，是《诗经·周颂》的第8篇。全诗1章（或分为2章），共15句。

[③] 般：《诗经·周颂·般》是中国古代第一部诗歌总集《诗经》中的一首诗。近现代学者一般认为此诗是《大武》中的一个乐章的歌词。全诗1章，共7句。

诗的大意是：武王各邦去巡视，皇天视他为儿子。佑我大周国兴旺，让我发兵讨纣王，天下四方皆惊慌。安抚众神需祭祀，山川百神都来享。万国主宰是武王！

> 於皇时周！陟其高山，嶞山乔岳，允犹翕河。敷天之下，裒时之对。时周之命。（《诗经·周颂·般》）

诗的大意是：光明壮丽我周邦！登上巍巍高山上，高山小丘相连绵，千支万流入河淌。普天之下众神灵，齐聚这里享祭祀，大周寿命永久长。

其实，纪念山川百神的《时迈》和在高山上祭祀神灵的《般》里所描述的王者们，就是站在高山上眺望辽阔国土的舒明天皇。

《诗经》里有不少描写天子巡视地方的诗歌。《万叶集》中针对赞岐、纪、吉野、伊势等描写天皇出行的和歌也应该属于这一类型。

于古代帝王而言，狩猎是与巡视同等重要的年中活动，后期逐渐被礼仪化。与《诗经》同时代的"石鼓文"中也刻有与狩猎相关的诗歌。小雅中的《车攻》《吉日》也都是属于描写狩猎场景的诗。

> 既我张弓，既挟我矢。发彼小豝，殪此大兕。以御宾客，且以酌醴。（《诗经·小雅·吉日》）

诗的大意是：周宣王策马拉弓，射杀野猪野牛，拿野味来招待在场的群臣，共吃佳肴同饮酒。与周宣王形象重叠的该是舒明、草壁皇子的身影。

齐明朝的额田王也创作过一首歌：

熟田津に船乗りせむと月待てば　潮も叶ひね今は漕き出でな。（卷1・8）

（待月乘船熟田津，潮水出海正当时。）

分析左注中山上忆良的《类聚歌林》可知，这是齐明天皇西征时创作的一首和歌。待明月升空，战船以千军万马之势出现在海面上。歌的结尾部极具感染力，充分展现了战船指挥者的王者风范。《诗经·大雅·棫林》中有这样一句：

淠彼泾舟，烝徒楫之。周王于迈，六师及之。

这句诗描写了周王出征，六军前进紧相随，船行泾河波声碎，众人举桨齐划水的场面。

《万叶集》卷1的卷尾收录了四首内容涉及藤原宫迁都的和歌，一首是志贵皇子的《飞鸟望乡歌》，其他三首均为盛赞持统天皇造营新京的歌，其中一首为百姓广泛传唱：

やすみしし／吾大王／高照らす／日の御子／荒栲の／

Ⅳ 《万叶集》的诞生　　273

藤原が上に / 食す国を / 見し給はむと / 都宮は / 高知らさむと / 神ながら / 思ほすなへに / 天地も / 寄りてあれこそ / （巻1・50）

（统领万物吾大王，天照大神之皇子，荒芜之地藤原上，宏伟宫殿拔地起，治国建都立大业，天地众神皆归降。）

这首歌让我想起《诗经·大雅·文王有声》中的诗句：

既伐于崇，作邑于丰。文王烝哉，筑城伊淢，作丰伊匹。

诗中盛赞周文王举兵攻克崇国之后，在广阔的"丰国"土地上大兴土木，挖城壕、筑城墙、建国都之壮举。

另外，诗中还写道"四方攸同"，"自西自东，自南自北，无思不服"之场面，犹如平民歌中的：

桧の嬬手を / もののふの / 八十氏河に / 玉藻なす / 浮かべ流せれ / 其を取ると / さわく御民も / 家忘れ身もたな知らず / 鴨じもの / 水に浮き為て……（中略）勤はく見れば / 神ながらならし

（桧木角材浮水流，湍急八十宇治川。劳作忙碌神之役，弃家忘我民之情。群鸭欢叫浮水面……万众一心神现形。）

作为祥瑞所唱的：

わが国は / 常世にならむ / 図負へる / 神しき亀も /
新代と / 泉の河に / 持ち越せる

（吾国尽显太平世，祥瑞妙灵万年龟，祝福新世已降
临，泉水河畔运木忙。）

又与《文王有声》中定都镐京（今西安）一句如出一辙：考卜
维王，宅是镐京。维龟正之，武王成之。武王烝哉！

《藤原宫御井歌》完全没有标注作者的名字，但即便如此，
编者依然将其放置于此，其用意何在？

やすみしし / 吾大王 / 高照らす / 日の御子 / 荒栲の /
藤井が原に / 大御門 / 始め給ひて / 植安の / 堤の上
に / 在り立たし / 見し給へば (卷 1 · 52)

（统领万物吾大王，天照大神之皇子，荒芜之地藤原
上，御门耸立工程起，植安堤上观四景……）

这首和歌是以国土经营之《国见歌》形式出现的，很明显，
将这首歌放置此处就是为了与《万叶集》冒头歌舒明天皇创作
的和歌遥相呼应，首尾一致。

歌中所唱诵的京城，是一片四面环山之地，东为香具山，
西为亩火山，北有耳成山，南有吉野山。吉田义孝认为，对这

Ⅳ 《万叶集》的诞生　　275

四座山岳的描写是基于中国古代的四镇四岳都城镇护思想。

与四镇四岳的思想不同，松本清张认为，藤原京策定的思想源自以中国古代的阴阳五行学说为基础的神仙思想所倡导的风水学说。所谓风水学说，主张北依山，南临沼泽、河流之净水，东西左右以丘陵挡风之地形，是得道获福、长生不老之最佳地形。

然而，无论四镇四岳的思想，还是风水学中之地相，四面环山是二者共通之处。藤原京依此而建，御井之歌所唱的便是这一景象。

如此看来，卷首以国土经营歌装点，卷末以充满了浓厚的中国都城镇护思想的《藤原宫御井歌》概括收尾，《万叶集》所描绘的世界与《诗经》不尽相同。

目录中外交诏书用语的使用

《万叶集》是一部赞美帝王的歌集，以国土经营歌开头，以蕴含浓厚中国思想的都城镇护歌结尾。

笔者认为最能反映和体现一个国家思想的就是以天皇名号记录时代的目录，比如，将雄略天皇时代称作「泊濑朝仓宫御宇天皇代」（泊濑朝仓宫御宇天皇代），此处仅以「御宇天皇」（御宇天皇）一词举例着重解析。

以雄略天皇时代为例，即使是在充满了汉文之老套的《日本书纪》正史中，也只能勉强找到「大泊瀬幼武天皇」（大泊瀬幼武天皇）这样的记载而已。《古事记》中却以「大長谷若建命，坐長谷朝倉宮治天下也」为起始，开始了对各朝天皇的记载。

那么，为什么只有《万叶集》与《古事记》和《日本书纪》不同，使用「御宇天皇」而非「治天下」呢？「御宇天皇」指什么？诸多点评也仅仅是局限于针对「御宇」训读法的讨论，或者是针对其"控制天下"意思的揣度。《万叶集》与《古事记》《日本书纪》既然同属一个时代的作品，记载用词却为何存在这么大的区别？这些疑点，不得不让人去进一步思考「御宇」二字的真正意义。

「御宇」训读为「アメノシタシラシメス」（a me no si ta si ra si me su），原本对应的汉字为"治天下"，推断将汉字"治天下"改成「御宇」是自大宝年间开始的，其中或多或少是受到了《大宝令》[①]的影响。

制定于大宝元年（701）的《大宝令》，实施了两年，很遗憾后期并没有被保存下来。但根据相关文献资料的记载，我们依然可以从现存的《养老令》当中判断出到底哪一条目曾出

[①]《大宝令》：又称为大宝律令，日本古代的基本法典，701年制定，包括律6卷，令11卷，由藤原不比等纂，将日本自7世纪以来"近江令""天武令"等制度与法规修正补订成完备的法典。

现在《大宝令》中。《大宝令》已经制定了相关条例，从中可以判断有关「御宇」的令是官方诏书式。诏书式把诏书的样式，定为以下五种类型（括号内为训读）：

1. 明神御宇日本天皇诏旨（明神と御宇らす日本の天皇が詔旨）
2. 明神御宇天皇诏旨（明神と御宇らす天皇が詔旨）
3. 明神御大八洲天皇诏旨（明神と御大八洲らす天皇が詔旨）
4. 天皇诏旨（天皇が詔旨）
5. 诏旨（詔旨）

「御宇」是诏书中使用的词汇，如果参照撰写于天平年间的律令注释书《古记》等文献内容的话，「宇」为覆盖天空之地上之意，指代全世界、全天下。「御」是控制、统治的意思。所谓「御宇」就是"统治全世界"。使用这一词汇的场合，一是传达国家大事，二是向外国使者传达不重要之事，三为国内传诏。

法律条文中第一次将国际关系纳入其中，统治大八洲国的「御大八洲」（御大八洲），这和统治日本国内之比重明显不同。使用「御宇」的诏书为官方诏书，被特别指定为"外交文书"。

查阅《日本书纪》《续日本纪》得知，「御宇」一词常用于诏书或者上奏文中。是否只能在对外文书中使用，目前尚不得而知。但在诏书中使用这一规定，和《日本书纪》《续日本纪》中的具体例子是一致的。「御宇」一词一般不会轻易应用于日常表达。

《万叶集》的标题是用外交文书形式的语句书写的，却没有包含「御大八洲」或者「倭根子天皇」之类常被用于国内诏书中的大和用语。也就是说，有别于面向国内表述。不是统治日本的「御大八洲天皇」，而是统治全世界的「御宇天皇」，这一点说明编撰者的格局是放眼全世界，而非仅仅局限于日本国内。

笔者尝试依《大宝令》来解读标题，推断《万叶集》完成于文武朝，也就是《大宝令》试施行的时期。如果《万叶集》完成时间在那之后的话，就不必过于固守《大宝令》了。

另外，如果只是将《万叶集》视作一部由专业诗人和庶民共同创作的歌集，就没有必要深究藏于其后的政治动向了。这是一部由位于律令制国家中心地位的天皇家族内部创作收录的歌集。若事实果真如此，标题中「御宇天皇」一词的使用，应该是依《大宝令》公式令诏书形式的规定而为之。

撰写者在编写标题的时候选择了公式令诏书规定的对外用语「御宇天皇」，而没有采用具有大和风格的天皇谥号，据此可以判断，《万叶集》是在一种强烈的对外意识支配下编纂

Ⅳ 《万叶集》的诞生　279

而成的。

唐王朝的国际视野

借由标题的记载，可以窥探出藏于《万叶集》歌集背后的对外意识，从这一视角出发在此审度卷头歌存在的意义，自然会产生不同于以往的见解。

自舒明天皇至持统天皇，计6代，共65年，为什么要在这之前放一首150年前雄略天皇创作的《雄略歌》呢？其后却又从舒明天皇时代开始收录编纂？这其中有什么必然性的关联吗？

笔者认为将雄略、舒明置于卷头的行为，反映出《万叶集》编纂过程中编者对国际形势的一种认知。雄略、舒明两代，对唐的外交事务都获得了唐王朝很高的评价。

《晋书》《梁书》《南史》《北史》《隋书》这些完成于唐王朝的正史中都有关于日本事情的记载。其中《南史》《北史》，沿袭了《梁书》《隋书》以及完成于梁朝的《宋书》，内容层面并没有什么新意，作为史料的研究价值也不是很高。

此处仅以《晋书》《梁书》《隋书》为例，展开唐王朝对日外交意识相关研究。

《晋书》(房玄龄著)成书于唐太宗时代(皇极天皇时代)。

其中，有关日中外交的记载，从晋朝的：

> 泰始二年十一月己卯，倭人来献方物。（《晋书·武帝纪第三》）

跳转到东晋的：

> 义熙九年是岁，高丽国、倭国及西南夷铜头大师并献方物。（《晋书·安帝纪第十》）

《梁书》为姚思廉所著，与《晋书》大体是同时期完成的，其中有关于魏景初三年卑弥呼朝贡的记载：

> 晋安帝时，有倭王赞。（《梁书·倭传第五十四》）

书中虽然没有明确的朝贡相关记载，但安帝在位时间是397—418年，此处记载内容当与《晋书·安帝纪》中记载内容相同。

《隋书》（魏徵著）亦是从卑弥呼的记载开始跳跃到齐（479—502）：

> 魏至于齐、梁，代与中国相通。（《隋书》卷81·倭国传）

成书于唐朝的这三本史书，对日中外交的认识完全一致。

自3世纪中期开始，历经150年的空白，后于5世纪重新恢复邦交关系。这便是唐王朝对这一时期日中关系的认知。

所以，如果将3世纪中叶日中建立外交关系视为第一期日中外交活动的话，5世纪之后日中恢复外交关系即可算作是日中外交活动的第二期。事实上，当时与唐王朝建立的外交关系并非第二期的延续。

据《梁书》记载，属于第二期的与梁朝建立的外交关系，以记载于天监元年（502）倭王武的进号记载为终结，之后再无记载，"倭"也再未出现在随之完成的《陈书》当中。后来《隋书》中出现了隋文帝开皇二十年（600），有遣隋使前来朝贡相关记载后，就直接跨到关于遣唐使的记载部分。自梁朝天监元年（502）至隋文帝开皇二十年（600），又出现了近100年的空白期。越过空白期，自隋朝开始至唐王朝这段时间的日中外交关系，可视为日中外交关系的第三期。

为何为舒明天皇

《万叶集》诞生于日中外交关系的第三期，此期间日本首次尝试着向唐王朝派遣使者。首位派出使者的就是《万叶集》中第二首和歌的作者舒明天皇，时间约为舒明二年（630）。

《日本书纪》内容一直延续至持统朝（686—697），记载往事的《古事记》则结束于推古朝（592—628）。正因如此，文武朝（697—707）被唤作"现代"，而紧接着推古朝的舒明朝（629—641）直到持统朝，被唤作"近代"。随之也便有了"自舒明朝开始的《万叶集》是近代歌集"的说法。

既然如此，将舒明朝之后的年代称为"近代"，其认知又是如何产生的呢？

记载于《日本书纪·舒明纪》中的绝大多数内容都与外交有关，舒明朝被认为处在第三期国际化时代到来的前夜，是推动律令制国家建立的重要时期。舒明朝以后的时代被统一称为"近代"，绝非单纯的由国内政治状况衍生出来的认知。要知道，《日本书纪》在当时可称得上是一部面向世界的史书，是运用中国人方通晓的理论撰写、具有先进观念和国际视野的宏伟著作。

舒明观国景，祝愿祖国「うまし国そ」（瑞穗之国、繁荣昌盛）。「蜻蛉岛大和の国」（蜻蛉岛大和国）并不仅仅是冒头歌中出现的群山环绕的大和国，而是四面环海的日本国。

笔者尝试从舒明歌存在的基础层面重新审视藏于背后的对外意识。派遣唐使这种对外意识的形成，是以国家意识为基础的。离开了国家意识，这种对外意识便不复存在。歌集中表现了日本国的意识与存在。歌中远眺他国，难道就没有什么其他寓意和想法吗？舒明就是一位这样的天皇。

为何卷首为《雄略歌》

那么，卷首的《雄略歌》又有何寓意呢？事实上，雄略天皇就是推动第二期外交活动的中心人物。

正如前文所述，第二期日中外交关系始于5世纪的东晋，而真正意义上的外交活动是以南北朝宋、齐时代开始的倭国五位帝王朝贡为中心展开的。南朝宋武帝永初二年（421）来朝贡的是倭王讚（赞），之后是珍（珎）、济、兴、武，他们到底指的是记、纪（《古事记》《日本书纪》）中的哪几位天皇，大家众说纷纭，唯倭王武就是雄略天皇这一观点得到大家认同。"武"的称号，源自雄略的本名"稚武"，很多人认为"雄略"的谥号取自"武雄略其焉在"，这是潘安仁《西征赋》中记录的称赞汉武帝的一小节。"武"，意指"雄略"，即雄略等同于汉武帝。

据中国史书记载，出现在第二期日中外交活动中的五位倭王，唯武受到了特别优待。而倭王进呈中国皇帝的上表文中，也只有雄略二十二年（477）倭王武呈递给宋顺帝的那一篇被载入中国史册。

由此可见，在探讨与中国方面外交活动的历史功绩时，雄略天皇也就是武王，作为第二期日中外交活动的功臣，长久以来一直受到很高的评价。

现代外交中，这一高度评价一直得以延续至唐王朝时期。撰写于唐王朝时期的《梁书》之中虽然也有关于倭五王爵位的记载，但事实上只有武王的爵位被沿袭了下来。

> 晋安帝时，有倭王赞，赞死弟弥立，弥死子济立，济死子兴立，兴死弟武立，齐建元中，除武持节督倭新罗任那加罗秦朝慕韩六国诸军事镇东大将军，高祖即位、武进号征东将军。

正因为雄略是第二期日中外交活动的核心人物，而舒明则开启了第三期日中外交，建立了与唐王朝间的外交关系，二人创作的和歌方得以占据《万叶集》的卷首。

《万叶集》的策划或编撰者为何人

依据目前所掌握的信息，很难明确《万叶集》的策划或者编撰者的具体身份。然而，研究至此，关于编撰者到底是谁的问题已然是不可回避。笔者自身并没有足够信心予以回答，但作为对前述诸多内容的归纳与交代，自觉有责任尝试性地进一步研讨。

如前所述，关于《万叶集》卷1作者身份的推论，有柿本人麻吕一说、志贵皇子一说、弓削皇子一说，也有长皇子一说、舍人皇子一说，当然也要算上太安麻吕一说。

想来编撰者应该很精通国内外政治，尤其是了解唐王朝事务，且具有丰富的律令知识。未必具备足够的策划、编撰能力，但其作为歌人这一身份毋庸置疑。与之相比更为重要的是，其本人应该拥有相当高的政治地位，借用完成于平安时代的《古今集》和《后撰集》作为参照，背后的策划者前者为左大臣藤原时平，后者为右大臣藤原师辅。

我们亦不必深究歌集中是否有编者创作的和歌入选，《古今集》中也并非将所有编者的作品收录其中，而《后撰集》更是没有一首编者原创的和歌入选。

笔者认为，死于养老三年（719）的正三位中纳言[1]——粟田真人至少是该歌集策划者之一，甚至就是歌集的编者。尽管他本人并没有在万叶学中露面，也没有任何资料显示他就是策划者之一，但真人确实参与了《大宝令》的制定，大宝二年（702）又以大使的身份随第七批次遣唐使团前往唐朝，并于庆云元年（大宝四年，704）回国。

作为一名文化交流使者，真人想必是切身感受到了大唐先进的文化。那段时间，日本虽说仿唐律令制定了法律，并完成了国家统一，但这一切既无史书记载，也没有任何相关的地志、

---

[1] 日本古代的一种官职。

文学典籍记录留存。幸运的是，天武朝以来，陆续有接近史书的帝纪、旧辞等编辑工作展开，但仍旧没有留下任何文学方面的典籍。大唐则全然不同，《诗经》《文选》《玉台新咏》等文学典籍层出不穷、琳琅满目。加之当时的皇帝武则天特别重视选用文人为官理政，相继涌现出许多宫廷诗人，其中尤以李峤、苏味道才华横溢，深得皇帝宠爱，甚至登上相位。真人就是在这一时期抵达大唐的，想来案牍上必然堆满了各类诗集文献。武则天甚至将诗词歌赋钦定为科举考试进士的必考内容之一，极大地推动了唐诗的鼎盛繁荣。皇帝本人也是一位诗人，书就很多诗集，在位期间，民间女子争相效仿，女性诗人人才辈出。

真人一行就是在接触了这样一种文化盛宴后回到日本的。随后诞生的《万叶集》中，几近半数的作品都完成于持统天皇这一女天皇时代，再算上皇极女天皇（齐明）时代的作品，以额田王为首的女性歌人们亦活跃于女天皇时代，也就是说《万叶集》中的三分之二的作品都是在女天皇时代完成的。笔者认为，这在一定程度上是受了唐王朝文学思潮的影响刻意而为之。

真人曾参与制定《大宝令》，精通律令的精神基础、儒学思想。儒学经典中有《诗经》，可见是极为重视文学的。诗、书、礼、乐亦是儒学的思想基础，是律令制政策得以施行的精神支柱。以儒学为精神基石的律令制国家建设，归根到底是国家文化建设，而诗歌恰恰就是国家文化的象征。

《诗经》里记录有这样一句话：

> 至于王道衰，礼义废，政教失，国异政，家殊俗，而变风变雅作矣。（《诗经·大序》）

意思是，如果王道衰微，那么无论诗也好、礼也罢，都将随之消失。相反，如若没有了诗和礼，也就意味着王道的失落。

《孟子·离娄下》里也曾有类似的说法：

> 王者之迹熄而诗亡，诗亡，然后春秋作。

王宫霸业成而为诗。武则天统治下的大唐即是如此。而实施了《大宝令》，确立了律令制国家体制的日本，就当时面临的世界态势而言，涉外关系的展开过程中迫切需要的就是文化层面的交流。即便只是出于创造册封体制袖珍版的本意，从弘扬和体现国家意识这一视角出发，编纂一本满载本国文学的歌集也是十分必要的。国际化时代最基本的形态特征就是国家意识的建立，比起汉诗之于唐，日本迫切需要的是和歌，是一本全新创作的属于日本本土的文学歌集，而且必须是赞颂天皇皇室的歌集。

事实上，江户时代契冲于《万叶代匠记》中给予《万叶集》

政治教育载体般存在的评价是正确而中肯的,并没有言过其实。

歌集最初,以雄略、舒明二天皇的赞歌为始,意在庆颂天下太平之惠民王道。

尽管除此之外尚没有任何证据或资料可以证明真人直接与《万叶集》的汇编有关,但笔者坚持认为一定不可忽视整个过程中真人的存在。这也正是前文中笔者曾使用"策划者之一,甚至就是编者"这一讨巧说法的初衷。

笔者在此正式提出粟田真人有可能是"策划者之一,甚至就是编者"的观点。山上忆良也曾出现在以真人为大使的同一批次遣唐使团中,且亲身经历了当时的大唐文化盛世,或许这就是促使他考虑编纂歌集的原因。编纂《类聚歌林》的想法,很可能就源于《艺文类聚》。

如果《万叶集》当真是真人参与策划,则作为其同族、歌人,又是由其本人直接推荐为遣唐少录的忆良,没有理由被排除在汇编者之外。如果说"真人是策划者,忆良是编者"这一观点成立的话,或多或少可以令针对前文所述"真人作为编者"观点持怀疑态度的读者释怀吧!

03

歌集名称中的"万叶"

"万叶"之意

《万叶集》既不是以描绘花鸟风月为目的的歌集,也不是什么个人生平意愿的记录,而是迎合处在8世纪东亚政治文明旋涡中的日本国家之要求诞生的产物。

在建立健全律令制国家,日本集国家之力积极推进外交事业这一大背景下,歌集的标题即采用"御宇天皇"这一诏书式的外交辞令,《雄略歌》和《舒明歌》亦责无旁贷地被置于卷首,无论形式或排列都非常考究,不难看出,这根本就是一部为王族文学而诞生的歌集。

就是这样一部自诞生伊始便由内而外体现着国家意志的

《万叶集》，能够想象其创作之初竟然只是一本无名歌集吗？

现实是，即便是那些认为歌集成书于文武朝的观点，也大多主张《万叶集》这一书名是由后来的橘兄弟或者大伴家持命名的。更有甚者，竟提出"歌集的命名完成于平安时代平成朝"的荒谬观点。歌集自完成之后流传至天平年间或者说平安初期，这么长的时间跨度，难道就只是一个连名称都没有的歌集册子吗？笔者认为，这部歌集早在文武朝完成之初，就已经被赋予了《万叶集》这一明确的名称。

如果《万叶集》当真是为迎合律令制国家意识产生、涉外意识增强而诞生的话，那么"万叶"一词的来源，就应该在中国的文献中寻觅得到。

那么，"万叶"一词到底是什么意思？简单梳理传统说法可知，其意思大概被分为三种。

第一，很多首歌；第二，万世、万代；第三，很多纸张。

这三种说法当中，第二种说法得到了学界的普遍认可。如小岛宪之先生曾解析道："歌集有祈福之意，其名应流芳百世，同时，兼有祝福歌集世代相传之意。"

青铜器上的铭文"万叶"

有关"万叶"一词的用例，于中国文献中共出现了58例。

若想彻底研究中国的文字历史，就必须从刻在金属或者石头上的金文开始。这是因为在接近金文中，多可以找到汉字最初的本义，而这一最初本义对后世的影响力最大。

基于以上观点，笔者刻意在商周时代的青铜器上找到以下几个例子予以分析。

> 越王赐旨，择厥吉金，自祝禾廪，顺余子孙，<u>万枼无疆</u>，勿用之相丧。（越《越王钟》）

"枼"字的上部表示三根枝叶，被认为是"葉"字的原型，读音也一致。

> 王孙遗者，择其吉金，自作龢钟。（中略）<u>枼万</u>子孙，永保鼓之。（《王孙遗者钟》）

文中"枼万"应该和"万枼"是同一个词。还有如：

> 祀用<u>永枼</u>毋止。（《拍舟》）

文中"永枼"一词亦然。

笔者之所以尤其留意刻于青铜器上的铭文，是因为在中国逗留期间，在众多青铜器铭文中发现了很多类似于

> 其万年子子孙孙永宝用。（散车父壶·陈侯壶）

之类相对固定的表现形式。古代中国的青铜器始自商周时期，具有强烈的政治意义，其中大多数都被用作王室祭祀祖先的礼器，堪称国之重器，系政治权力的象征。刻在青铜器上的铭文彰显了王室祖先以及主管祭祀活动的王室成员的荣耀，因此，只要王室存在，该青铜器就必须被子孙后代传承下去。这种将造好的"物品"一直传承下去的行为本身，也被认为是造物的王室永存的象征。铭文的末尾，也大多明确表达了这一愿望。

于博物馆参观期间，笔者又看到了许多刻有"万年子子孙孙永宝用"字样的青铜器皿。偶尔也会无意识地产生一种幻觉，将"万年"看成了"万叶"，或许是"万叶"之中包含有"万年"之义的原因吧。事实上，这种现象也并非全是幻觉，现实当中亦有先例。

对比"其万年子子孙孙永宝用"字样和那些包含有"万叶""叶万""永叶"的铭文可知，"万叶"明显指的是"万世、万代"。"叶"，本义是"树叶"，但将其与"万"字组合构成新复合词"万叶"之后，便不再指"树叶繁茂"，而是专用于指代"万代、万世"的意思了，这一用法自商周时代被一直沿用开来。

"万叶"一词在日本的传播

至于包含有"万叶"一词的中国文献在日本的传播状况，成书于养老四年（720）的《日本书纪》中有相当详尽的记载：

惟るに大王は、首めて利に遁るることを建む。聞く者嘆息く。帝孫なることを彰顕するとき、見る者殞涕ぶ。憫憫たる搢紳、忻びて天を載く慶を荷ふ。哀哀たる黔首、悦びて地を履む恩に逢ふ。是を以て、克く四維を固めて、永く万葉に隆にしたまふ。功、造物に隣くして、清猷、世に映れり。超き哉、邈なるかな、粤に得て称くること無し。（『日本書紀』顯宗天皇即位前紀）

（惟大王，首建利遁，闻之者叹息，彰显帝孙见之者殒涕。悯悯搢绅，忻荷载天之庆。哀哀黔首，悦逢履地之恩。是以克固四维，永隆万叶。功隣造物，清猷映世。超哉，邈矣，粤无得而称。）（《日本书纪·显宗天皇即位前纪》）

这是仁贤天皇尚为皇太子时期的诏书。其中描述的是清宁天皇欲立亿计皇子为皇太子，而亿计皇子谢绝，并推荐弟弟弘

计皇子为皇太子(显宗)一事。很明显,此一段模仿了《梁书·武帝纪》中的一段:

> 闻之者叹息……见之者陨涕……悯悯搢绅,重荷戴天之庆。哀哀黔首,复蒙履地之恩……功邻造物,超哉邈矣,越无得而言焉……克固四维,记隆万叶。

此处"万叶"一词,继承了青铜器铭文传统,用于表现王朝繁荣昌盛的景象。

仁贤天皇在位是5世纪,略晚于雄略天皇。雄略天皇在位期间,积极开展外交事务,包括《梁书》在内的许多文献很可能就是在这一时期被传到日本的。也就是说,在《万叶集》完成的文武朝之前,"万叶"一词已经借这种形式传到了日本。

《古今集》于公元905年成书之前,"万叶"一词共出现过12例,皆为"万世、万代"之义,其中多达7例出现在与皇室相关的文章之中。

致力于研究调查"万叶"以及与"万叶"意义近似的"后叶""累叶""千叶"等词的专家安天喜代门就曾指出:"这些词例,多以'天皇为中心',颇具国家性。"若将"天皇"换作"皇帝",其形式与之前考察中国文献的结果完全一致。

"万叶",作为意指"很多年份"的词语,并非可以毫无限制地随意使用。原则上,该词多用于颇具权威性的皇帝、天皇下达的诏书或官员上奏文等正式文件，表示事业永久不衰、后继有人，王族自上而下、以身作则，国家繁荣昌盛、福久绵长。

有传统观点认为，"万叶"是"万世、万代"之义，表达对歌集流传万世的祝福。对于这一点，笔者并不完全否认。但需要特别强调的是，此处的祝福，与其说是祝福歌集本身，不如说是在祝福整个国家更为妥当。

即便与笔者本人持有的论据不同，折口信夫先生确也曾指出："所谓万叶，意指赞美天子世代相传之词，'万叶集'就是将这些赞美之词收集、组合的意思。"樱井满先生也曾提出过类似的质疑："祈福万代之最重要的意义，在于祈福天皇长命百岁、万寿无疆，其次才是弘扬天皇之鸿鹄之志。受歌集之名所累，而仅仅将之视为祝福歌集本身流传万世之意，这样的理解会否有过于肤浅之嫌？"所以，针对次一类问题，笔者认为着实有必要以更为国际化的眼光来考量其背后的意义。

青铜器，作为代表中国王室较为重要的器物，刻"万枼"一词于其上包含着希望王室子孙能够一直继承下去的愿望。以青铜器为载体，寄托王室成员祈福王室繁荣昌盛、富贵绵长的美好愿望，"万叶"之名即来源于此。

尾声 《万叶集》为何而作

一路追寻着大伴家持歌中的「飛び潜く」（飞翔）一词和流传于吉野的柘枝传说根源的我，自远方的撒马尔罕，沿丝绸之路一路向东，有幸探寻到东亚民众所信奉的生命之树、复苏水信仰及树下美人的传说。得以在想象中结识于那长安街头将满腔思乡情绪托付唐赋，留下最美忧伤诗句却终要葬身于唐土之下的留学僧，还有于那长安巷内喧嚣处如痴如醉侧耳倾听社会派风僧诗作的山上忆良。

遣唐使，日中文化交流的桥梁。经历了异国文化洗礼后回国的山上忆良，受大唐民间诗人的影响，开始全身心地投入宣扬经世济民思想的诗歌创作中去，于所有的万叶歌人中，显得尤为独具一格。亲耳听到大唐百姓不堪于防人制的哀怨，防人首领布势人主广泛收集防人诗歌,最终促成了防人制度的废止。

被异国文化充分洗礼的山上忆良,将自己的思想传达给大伴旅人,又被后者子嗣大伴家持间接领会、继承和发扬。笔者认为大伴家持笔下所述"山柿之门"的"山",意指山上忆良而绝非山部赤人。父亲旅人身在南塞大宰府,家持自己置身北塞越中国,从家持的越中歌里,随处可以感受到边塞歌元素的存在。

汇集了以上诸多类型和歌的歌集,到底诞生在何年何月?

由时间的编排角度不难看出,《万叶集》在文武朝的庆云四年(707)和圣武朝的天平十六年(744)两处有着明显的界限。据此推断,《万叶集》应该就完成于距这两个时段不远的某一个特定时期。

最早开始着手编辑歌集的文武朝庆云四年(707),时值日本社会全面发展时期,以藤原京建京及律令制实施为代表,日本国家得以以崭新的面貌出现在东亚。外交方面,废除使用"倭"这一充满轻蔑意味的国名,而改用"日本"为国名,同样也是文武朝派遣的遣唐使节粟田真人、山上忆良等人的努力使然。作为一个新诞生的国家,为了向唐帝国展示国力而派遣出的首批遣唐使团,首席大使是直接参与了国内律令制制定的粟田真人,该批次使团的历史重要性由此可窥一斑。

去过大唐的忆良等人心里明白,律令政治的根本在于

"诗",而"诗"多流行于初唐的贵族社会,时任唐朝廷重要职务的大臣们都是著名的诗人。而彼时的日本,虽然也有计划编写正史和地志,但从未考虑过诗集的编辑。于是,忆良等人便开始筹划编辑能够代表日本的歌集,如同中国的《诗经》一样,使之成为一部赞美天皇家族完成国家统一大业的赞歌。国际意识和国家意识的关系在一定程度上是相悖的,作为一个国家,若想要在国际舞台上争得一席之地,就得拿出些与众不同的本领。如果一味编辑汉诗集的话,不过只是对唐帝国的简单模仿而已,鉴于此,众人这才选择了编辑和歌集,而不是汉诗集。

尝试着将这样的国际形势、赞美王朝的歌集内容以及被刻在中国王室重器上寓意国家繁荣昌盛的"万叶"一词结合起来一并考量,不难发现,事实上三者之间具有统一的关系。得以以"万叶"冠名,甚至可以应用如"御宇天皇"一类外交辞令的歌集,世人却只是简单地将其视之为一本普通的歌集抑或是概要描述某个人个人行为的歌集,这样的想法未免过于儿戏。世人应该深刻地认识到,《万叶集》的编辑是一次较大规模的国家行为,歌集本身极具国家性质,其初衷是为着祈福国家繁荣、世代永存。

将国家繁荣这一概念置于不得不将具备涉外意识提上日程的8世纪时代背景下考虑,综观当时日本国内外的政治态势,歌集编辑本身也是极具国际视野的行为。基于这一特定的政治诉求，将积极展开外交事务的雄略、舒明两位天皇的原创和歌置于卷首本身，便足以证明这一点。

文学的诞生往往与其创作的历史背景有着密不可分的关系，更何况创作本身明显是为着赞美天皇皇室丰功伟绩的《万叶集》。歌集为何而作，具有何种性格，事实上，这些已然不再成为值得深究的问题了。《万叶集》非为风流而产生，其创作中溢满对律令制国家体制的赞美。置诸藩于册封体制之下，在处理东亚国际事务，尤其是在面对唐帝国时，力图表明日本国家的立场，这就是编辑《万叶集》最初的目的所在。

受其影响，日本随后又相继产生了许多诗集，如《柿本人麻吕歌集》，散见于卷5、卷7中的大伴旅人、山上忆良的歌集等，也是相对独立的歌集。这些歌集于天平十六年（744）前后被统一收录到《万叶集》当中，于是便有了如今世人看到的卷3、卷4、卷6、卷8、卷9、卷10、卷16。同时这也说明了天平十五、十六年完成这几卷歌集的经纬。

也就是说，将《万叶集》的形成分为两个阶段，即第一阶段文武朝、第二阶段天平年间的说法，并非什么新鲜的观点。只不过世人在研究歌集的过程中习惯了只在通盘层面考虑其整体性，过度纠结于全20卷歌集究竟如何形成，反而忽视了对歌集编辑本身意图的追溯。

笔者在拙著《王朝歌坛之研究文武圣武光仁朝篇》《万叶

形成之谜》中已经陈述了自己的观点，即《万叶集》20卷本完成于平安时代。自文武朝以来，在不断的增补、删除、查缺补漏的基础上，最终形成了如今的《万叶集》20卷本。正因如此，笔者并无意探究截至平安朝得以自然形成的《万叶集》20卷本的编写意图，反而觉得最值得探究的该是最早策划编辑《万叶集》的文武朝歌人们的真正意图。这才是真正的价值所在。

如果说天平十六年曾开展过相关编辑工作的话，那么仅从时间层面判断，《万叶集》卷17以后，堪称家持歌集的那部分理论上应该是不存在的。因为家持于天平十八年（746）被发配至越中国，也就是说，天平宝字三年（759）卷末歌完成以后，歌集至少被编辑过一次。

推断家持的个人歌集和防人歌集应该是在平安时代初期被收录到天平十六年前后编辑的《万叶集》版本当中的。家持死于延历四年（785），紧接着被朝廷判罪、家产等全被没收，这其中自然也包括其个人歌集。可以设想这些歌集多半是被随意丢放在宫廷的某处仓库里，又或者冥冥中某种机缘，家持歌集得以与早前同样被丢放在某处的《万叶集》邂逅，而后被收录其中。这一时期的《万叶集》到底有多少卷，具体情况已无从考证，但基本可以推测应该已快要接近20卷的程度了。

歌集本身究竟历经了怎样的时世变迁，方得以自初始编辑的《万叶集》发展到现如今世人所看到的《万叶集》，这是属于日本国内文坛研讨的范畴，早前拙著里业已论述，因了与立足东亚、国际视野去审视歌集的立意无关，笔者在此不做进一步探究。

形成于10世纪之后，伴随着遣唐使制度废除、渤海国灭亡，海外交流戛然而止，国家层面整体外交活动完全处于停滞状态时期的《万叶集》，与诞生自8世纪，不重视大海彼岸唐帝国政治动向便不足以保证己国生存时期的《万叶集》，两者背后的政治属性可以说是截然不同的。

《万叶集》就是在经历了如此这般错综复杂的世事变迁后，方得以展现在世人的面前。